[illegible]

MAIGRET ET LES TÉMOINS RÉCALCITRANTS

OUVRAGES DE GEORGES SIMENON

AUX PRESSES DE LA CITÉ

COLLECTION MAIGRET

Mon ami Maigret
Maigret chez le coroner
Maigret et la vieille dame
L'amie de Mme Maigret
Maigret et les petits cochons sans queue
Un Noël de Maigret
Maigret au « Picratt's »
Maigret en meublé
Maigret, Lognon et les gangsters
Le revolver de Maigret
Maigret et l'homme du banc
Maigret a peur
Maigret se trompe
Maigret à l'école
Maigret et la jeune morte
Maigret chez le ministre
Maigret et le corps sans tête
Maigret tend un piège
Un échec de Maigret
Maigret s'amuse
Maigret à New York
La pipe de Maigret et Maigret se fâche
Maigret et l'inspecteur Malgracieux
Maigret et son mort
Les vacances de Maigret
Les Mémoires de Maigret
Maigret et la Grande Perche
La première enquête de Maigret
Maigret voyage
Les scrupules de Maigret
Maigret et les témoins récalcitrants
Maigret aux Assises
Une confidence de Maigret
Maigret et les vieillards
Maigret et le voleur paresseux
Maigret et les braves gens
Maigret et le client du samedi
Maigret et le clochard
La colère de Maigret
Maigret et le fantôme
Maigret se défend
La patience de Maigret
Maigret et l'affaire Nahour
Le voleur de Maigret
Maigret à Vichy
Maigret hésite
L'ami d'enfance de Maigret
Maigret et le tueur
Maigret et le marchand de vin
La folle de Maigret
Maigret et l'homme tout seul
Maigret et l'indicateur
Maigret et Monsieur Charles
Les enquêtes du commissaire Maigret (2 volumes)

LES INTROUVABLES

La fiancée du diable
Chair de beauté
L'inconnue
L'amant sans nom
Dolorosa
Marie Mystère
Le roi du Pacifique
L'île des maudits
Nez d'argent
Les pirates du Texas
La panthère borgne
Le nain des cataractes

ROMANS

Je me souviens
Trois chambres à Manhattan
Au bout du rouleau
Lettre à mon juge
Pedigree
La neige était sale
Le fond de la bouteille
Le destin des Malou
Les fantômes du chapelier
La jument perdue
Les quatre jours du pauvre homme
Un nouveau dans la ville
L'enterrement de Monsieur Bouvet
Les volets verts
Tante Jeanne
Le temps d'Anaïs
Une vie comme neuve
Marie qui louche
La mort de Belle
La fenêtre des Rouet
Le petit homme d'Arkhangelsk
La fuite de Monsieur Monde
Le passager clandestin
Les frères Rio
Antoine et Julie
L'escalier de fer
Feux rouges
Crime impuni
L'horloger d'Everton
Le grand Bob
Les témoins
La boule noire
Les complices
En cas de malheur
Le fils
Le nègre
Strip-tease
Le président
Dimanche
La vieille
Le passage de la ligne
Le veuf
L'ours en peluche
Betty
Le train
La porte
Les autres
Les anneaux de Bicêtre
La rue aux trois poussins
La chambre bleue
L'homme au petit chien
Le petit saint
Le train de Venise
Le confessionnal
La mort d'Auguste
Le chat
Le déménagement
La main
La prison
Il y a encore des noisetiers
Novembre
Quand j'étais vieux
Le riche homme
La disparition d'Odile
La cage de verre
Les innocents

SÉRIE POURPRE

Le voyageur de la Toussaint
La maison du canal
La Marie du port

GEORGES SIMENON

MAIGRET ET LES TÉMOINS RÉCALCITRANTS

PRESSES DE LA CITÉ

ISBN 2-258-00232-X

CHAPITRE PREMIER

— TU N'AS PAS OUBLIÉ ton parapluie ?

— Non.

La porte allait se refermer et Maigret tournait déjà la tête vers l'escalier.

— Tu ferais mieux de mettre ton écharpe.

Sa femme courait la chercher, sans se douter que cette petite phrase-là allait le barbouiller un bon moment et lui inspirer des pensées mélancoliques.

On n'était qu'en novembre — le 3 novembre — et il ne faisait pas particulièrement froid. Il tombait seulement, d'un ciel bas et uniforme, une de ces pluies qui, surtout dans le petit matin, paraissent plus fluides et comme plus traîtresses que d'autres.

C'était lui, tout à l'heure, en sortant du lit, qui avait fait la grimace parce que son cou était douloureux quand il tournait la tête. On ne pouvait pas parler de torticolis mais plutôt d'une certaine raideur, d'une sensibilité exagérée.

La veille, en sortant du cinéma, ils avaient marché longtemps sur les Boulevards et la pluie tombait déjà.

Tout cela n'avait pas d'importance. Pourtant, à cause de cette écharpe, peut-être aussi parce que c'était une grosse écharpe que sa femme avait tricotée, il se sentit vieux.

En descendant l'escalier, où il y avait des traces mouillées de pas, puis en marchant sous son parapluie, il repensa à ce qu'elle lui avait dit la veille. Dans deux ans, il serait à la retraite.

Il s'en était réjoui avec elle. Ils avaient parlé longuement, paresseusement, de la campagne où ils iraient vivre, de la région de Meung-sur-Loire qu'ils aimaient tous les deux.

Un gamin qui courait, nu-tête, le bouscula sans s'excuser. Des jeunes mariés, bras dessus bras dessous, marchaient sous le même parapluie et devaient travailler dans des bureaux proches l'un de l'autre.

Cela avait été un dimanche plus vide que les autres, peut-être parce que, cette année-là, c'était le Jour des Morts. Il aurait juré qu'il respirait encore, ce matin, l'odeur des chrysanthèmes. Ils avaient vu, de leur fenêtre, les familles s'acheminer vers les cimetières, et eux n'avaient ni l'un ni l'autre de morts à Paris.

Au coin du boulevard Voltaire, où il attendait son autobus, cela le rendit encore plus maussade de voir arriver la grosse machine qui n'avait plus de plate-forme, ce qui non seulement l'empêchait de rester debout, mais l'obligeait à éteindre sa pipe.

Tout le monde a des jours comme ça, non ?

Vivement la fin de ces deux années-là et il n'aurait plus besoin de mettre une écharpe pour s'en aller, dans la pluie désagréable du matin, à travers un Paris qui, aujourd'hui, avait les mêmes noirs et les mêmes blancs que les films muets.

L'autobus était rempli de jeunes, certains qui le reconnaissaient et d'autres qui ne s'occupaient pas de lui.

Sur les quais, la pluie était plus oblique et plus froide. Il s'engouffra sous la voûte de la P.J. où régnait un courant d'air, fonça vers l'escalier et alors, tout de suite, en retrouvant l'odeur comme *sui generis* de la maison, la lumière glauque des lampes encore allumées, il fut triste à l'idée que, dans si peu de temps, il ne viendrait plus ici chaque matin.

Le vieux Joseph qui, pour de mystérieuses raisons, échappait à la retraite, le salua avec un air de complicité et murmura :

— L'inspecteur Lapointe vous attend, Monsieur le Commissaire.

Comme chaque lundi, il y avait beaucoup de monde dans la salle d'attente et dans le vaste couloir. Quelques inconnus ; deux ou trois jeunes femmes qu'on aurait pu s'étonner de trouver là, surtout des habitués, qu'on voyait périodiquement devant une des portes.

Il entra dans son bureau, accrocha son pardessus dans le placard, son chapeau, la fameuse écharpe, hésita à ouvrir le parapluie et à le mettre sécher dans un coin comme Mme Maigret le lui recommandait, finit par le laisser dans un coin du placard.

Il était à peine huit heures et demie. Du courrier attendait sur son sous-main. Il alla ouvrir la porte du bureau des inspecteurs, adressa un salut de la main à Lucas, à Torrence, à deux ou trois autres.

— Qu'on prévienne Lapointe que je suis arrivé.

Le bruit allait courir de bouche en bouche que le patron était mal luné, ce qui n'était pas exact. Ce sont parfois les jours où l'on a été grognon, maussade, susceptible, qu'on retrouve plus tard dans sa mémoire comme les jours les plus heureux.

— Bonjour, patron.

Lapointe était pâle, ses yeux un peu rouges par manque de sommeil, mais brillants de plaisir. Il frémissait d'impatience.

— Ça y est ! Je l'ai eu !

— Où est-il ?

— Dans le cagibi au bout du couloir, sous la garde de Torrence.

— A quelle heure ?

— Quatre heures du matin.

— Il a parlé ?

— J'ai fait monter du café, puis, vers six heures des petits déjeuners, pour deux et nous avons bavardé comme de vieux amis.

— Va le chercher.

C'était un beau coup. Depuis des années, Grégoire Brau, dit La Patience, dit aussi Le Chanoine, opérait sans qu'on parvienne à le prendre en flagrant délit.

Une seule fois, douze ans plus tôt, on l'avait

pincé parce qu'il avait trop dormi et, sa peine purgée, il avait repris son activité sans rien changer à ses habitudes.

Il entra dans le bureau, précédé d'un Lapointe qui triomphait comme s'il avait pêché la plus grosse truite ou le plus gros brochet de l'année, et l'homme l'air gêné, resta debout devant Maigret plongé dans ses papiers.

— Assieds-toi.

Le commissaire ajouta, achevant de lire une lettre :

— Tu as des cigarettes ?

— Oui, M. Maigret.

— Tu peux fumer.

C'était un gros garçon de quarante-trois ans qui devait déjà être gras et mou quand il allait à l'école. Il avait le teint clair, d'un rose qui tournait aisément au rouge, le nez arrondi, un double menton, une bouche naïve.

— Alors, on t'a eu quand même ?

— On m'a eu.

C'était Maigret qui l'avait arrêté la première fois et ils s'étaient souvent rencontrés depuis, se saluant sans rancune.

— Tu as encore remis ça ! disait alors le commissaire en faisant allusion à un appartement cambriolé.

Au lieu de nier, le Chanoine souriait modestement. On ne pouvait rien prouver. Néanmoins, même s'il ne laissait jamais une empreinte, ses cambriolages étaient comme signés.

Il opérait seul préparant chaque coup avec une patience incroyable. C'était l'homme tranquille par excellence, sans vices, sans passions, sans nerfs.

Il passait le plus clair de son temps assis dans le coin d'un bar, d'un café ou d'un restaurant, plongé en apparence dans la lecture d'un journal, ou somnolant, mais l'ouïe fine, il ne perdait rien de ce qui se disait autour de lui.

C'était aussi un grand lecteur d'hebdomadaires, dont il étudiait avec soin la rubrique mondaine et les échos, se tenant au courant, mieux que quiconque, des déplacements des personnes en vue.

Un beau jour, la P.J. recevait un coup de téléphone d'un personnage connu, parfois d'un acteur ou d'une vedette de cinéma qui, rentrant de Hollywood, de Londres, de Rome ou de Cannes, avait retrouvé son appartement cambriolé.

Maigret n'avait pas besoin d'écouter jusqu'au bout pour demander :

— Le réfrigérateur ?

— Vidé !

La cave à liqueurs aussi. On pouvait être sûr, en outre, que le lit était défait et qu'on s'était servi du pyjama, de la robe de chambre et des pantoufles du maître de maison.

C'était la signature du Chanoine, une manie acquise dès ses débuts, à l'âge de vingt-deux ans, peut-être parce qu'alors il avait vraiment faim et envie d'un bon lit. Quand il était sûr qu'un appartement était vide pour plusieurs semaines, qu'il n'y restait pas de domestiques, que la concierge n'était pas chargée de monter pour ouvrir les fenêtres, il s'y introduisait sans avoir à user d'une pince-monseigneur, car il connaissait le secret de toutes les serrures.

Une fois dans la place, au lieu de réunir en

hâte les objets de valeur, bijoux, tableaux, bibelots, il s'installait pour un certain temps, le temps, en général, d'épuiser les provisions.

On avait retrouvé, après son passage, jusqu'à trente boîtes de conserves vides, un certain nombre de bouteilles aussi, bien entendu. Il lisait. Il dormait. Il usait de la salle de bains avec une sorte de volupté, insoupçonné des autres locataires.

Puis, rentré chez lui, il reprenait ses habitudes régulières, ne fréquentant que le soir, pour la belote, un bar assez mal famé de l'avenue des Ternes où, parce qu'il travaillait seul et qu'il ne parlait jamais de ses exploits, on le regardait avec un respect mêlé de méfiance.

— Elle vous a écrit, ou est-ce qu'elle vous a téléphoné ?

Il venait de poser cette question avec une mélancolie qui ressemblait à celle de Maigret quand, tout à l'heure, le commissaire était parti de chez lui.

— De quoi parles-tu ?

— Vous le savez bien, Monsieur Maigret. Sans cela, vous ne m'auriez pas eu. Votre inspecteur (il se tournait vers Lapointe) était dans l'escalier de l'immeuble avant mon arrivée et je suppose qu'il avait un collègue dans la rue. Est-ce vrai ?

— C'est vrai.

Ce n'était pas une nuit, mais deux, que Lapointe avait passées dans l'escalier de l'immeuble de Passy où un certain M. Ailevard possédait un appartement. Ce monsieur était parti pour Londres, où il devait passer deux semaines. Les journaux avaient annoncé le voyage, car il avait trait à un film et à une vedette fort connue.

Le Chanoine ne se précipitait pas toujours chez les gens tout de suite après leur départ. Il prenait son temps, ses précautions.

— Je me demande comment je n'ai pas vu votre inspecteur. Enfin!... Cela m'apprendra... Elle vous a téléphoné ?

Maigret hocha la tête.

— Elle vous a écrit ?

Il fit signe que oui.

— Je suppose que vous ne pouvez pas me montrer le billet ? Il est vrai qu'elle a dû déguiser son écriture ?

Même pas. Mais c'était inutile de le lui dire.

— Je me doutais, sans vouloir y croire, que cela arriverait un jour. C'est une garce, sauf votre respect, et cependant je n'arrive pas à lui en vouloir... J'aurai quand même eu deux ans de bon, n'est-ce pas ?

Pendant des années, on ne lui avait pas connu d'aventures féminines et, à cause de son physique, certains le taquinaient, prétendant qu'il y avait de bonnes raisons à sa sagesse.

Soudain, à quarante-quatre ans, il s'était mis en ménage avec une certaine Germaine, qui avait vingt ans de moins que lui, et qu'on voyait depuis peu arpenter l'avenue de Wagram.

— Tu l'as épousée devant le maire ?

— A l'église aussi. C'est une Bretonne. Je suppose qu'elle a déjà emménagé chez Henri ?

Il parlait d'un jeune souteneur, Henri-mon-Œil.

— C'est lui qui a emménagé chez toi.

Le Chanoine ne s'indignait pas, n'accusait pas le sort, ne s'en prenait qu'à lui-même.

— Combien vais-je ramasser ?

— De deux à cinq ans. L'inspecteur Lapointe a pris ta déposition ?

— Il a noté ce que je lui disais.

Le téléphone sonna.

— Allô ! Commissaire Maigret.

Il écouta, fronça les sourcils.

— Répétez le nom, s'il vous plaît.

Il attira un bloc-notes, écrivit : Lachaume.

— Quai de la Gare ?... A Ivry ?... Bon... Il y a un médecin sur les lieux ?... L'homme est bien mort ?...

Du coup, le Chanoine perdait son importance et on aurait dit qu'il le sentait. Sans y être invité, il se levait.

— Je suppose que vous avez autre chose à faire...

Maigret s'adressa à Lapointe.

— Conduis-le au Dépôt, puis va te coucher.

Il ouvrait son placard pour prendre son pardessus et son chapeau, puis, se ravisant, il tendait la main au gros homme au visage rose.

— Ce n'est pas notre faute, vieux.

— Je sais.

Il ne mit pas l'écharpe. Dans le bureau des inspecteurs, il choisit Janvier, qui venait d'arriver et qui n'était pas encore au travail.

— Tu viens avec moi.

— Oui, patron.

— Toi, Lucas, téléphone au Parquet. Un homme tué d'une balle en pleine poitrine quai de la Gare, à Ivry. Le nom est Lachaume. La Biscuiterie Lachaume...

Cela lui rappelait des souvenirs qui remontaient à son enfance campagnarde. A cette époque-là, dans toutes les épiceries mal éclairées de village, où on vendait aussi bien des légumes secs que des galoches et du fil à coudre, on était sûr de trouver des paquets enveloppés de cellophane dont l'étiquette portait les mots : Biscuiterie Lachaume.

Il y avait les petits-beurre Lachaume et les gaufrettes Lachaume, qui avaient d'ailleurs le même goût un peu cartonneux.

Il n'en avait plus entendu parler depuis. Il n'avait pas revu non plus les calendriers représentant un garçonnet aux joues exagérément colorées, au sourire idiot, qui mangeait une gaufrette Lachaume, et il était rare, dans quelque campagne perdue, de retrouver ce nom, plus ou moins effacé, sur un pan de mur.

— Tu préviens aussi l'Identité Judiciaire, bien entendu.

— Oui, patron.

Lucas avait déjà le téléphone à la main. Maigret et Janvier descendaient l'escalier.

— On prend la voiture ?

La mélancolie de Maigret s'était dissipée sous l atmosphère quotidienne de la P.J. Repris par la routine, il ne pensait plus à se regarder vivre, ni à se poser des questions.

Les dimanches sont pernicieux. Dans la voiture, il questionnait en allumant une pipe qui avait retrouvé sa saveur :

— Tu connais les biscuits Lachaume ?

— Non, patron.

— Tu es trop jeune, c'est vrai.

Peut-être, en outre, ne s'étaient-ils jamais vendus à Paris ? Il y a des quantités de produits qui ne sont fabriqués que pour les campagnes. On voit aussi des marques qui se démodent, mais qui subsistent néanmoins pour une clientèle déterminée. Il se souvenait d'apéritifs célèbres dans son jeune temps qu'on ne trouvait plus maintenant que dans des auberges perdues loin des grand-routes.

Le pont franchi, ils ne purent suivre les quais à cause du sens unique et Janvier fit une série de détours avant de retrouver la Seine en face de Charenton. De l'autre côté de l'eau, on apercevait la Halle aux Vins, et à gauche, un train qui franchissait un pont de fer au-dessus du fleuve.

Là où, jadis, il n'y avait que des pavillons et des chantiers, se dressaient à présent des immeubles locatifs de six ou sept étages, avec des boutiques et des bistrots au rez-de-chaussée, mais il restait des trous, par-ci par-là, des terrains vagues, des ateliers, deux ou trois maisons basses.

— Quel numéro ?

Maigret le lui dit et ils s'arrêtèrent devant une construction qui avait dû être cossue, avec ses deux étages de pierre et de brique et, derrière, une haute cheminée qui ressemblait à une cheminée d'usine. Une voiture stationnait devant la porte. Un agent faisait les cent pas sur les trottoirs. Il était difficile de dire si on était encore à Paris ou déjà à Ivry et c'était sans doute la rue devant laquelle on venait de passer qui marquait la frontière des communes.

— Bonjour, Monsieur le Commissaire. La porte n'est pas fermée. On vous attend là-haut.

C'était une porte cochère peinte en vert, avec une porte plus étroite découpée dans un des panneaux. Les deux hommes se trouvèrent sous une voûte, un peu comme au quai des Orfèvres, à la différence qu'à l'autre bout elle était bouchée par une porte aux vitres dépolies. Une des vitres manquait, qu'on avait remplacée par du carton.

Il faisait froid et humide. Des portes s'ouvraient des deux côtés et Maigret se demanda laquelle pousser, choisit celle de droite, qui devait être la bonne puisqu'il découvrit une sorte de hall où s'amorçait un large escalier.

Les murs, qui avaient été blancs, avaient tourné au jaune, avec des traces plus brunes, et le plâtre, fendillé, s'était écaillé par endroits. Les trois premières marches étaient en marbre, les autres, en bois, qui ne devaient pas avoir été balayées depuis longtemps, craquaient sous les pas.

Cela rappelait certains locaux administratifs où, en entrant, on a toujours l'impression de s'être trompé de porte. Si l'un des deux hommes s'était mis à parler, l'écho ne lui aurait-il pas renvoyé sa voix ?

Quelqu'un marchait, au premier étage, se penchait sur la rampe, un homme encore jeune, à l'air fatigué, qui se présenta dès que Maigret atteignit le palier.

— Legrand, secrétaire du commissariat d'Ivry... Monsieur le commissaire vous attend...

Encore un hall, des dalles de marbre, une fenêtre sans rideaux qui laissait voir la Seine et la pluie.

L'immeuble était vaste, avec des portes de

tous les côtés, des couloirs comme dans une administration, et toujours la même grisaille, la même odeur de très vieille poussière.

Au bout d'un corridor plus étroit, à gauche, le secrétaire frappa à une porte, l'ouvrit, et on aperçut une chambre à coucher où il faisait assez sombre pour que le commissaire eût jugé nécessaire de laisser la lampe allumée.

Cette chambre donnait sur la cour et, à travers la mousseline poussiéreuse des rideaux, on voyait la cheminée que Maigret avait déjà remarquée à l'extérieur.

Il connaissait vaguement le commissaire d'Ivry, qui n'était pas de sa génération et qui lui serra la main avec un respect exagéré.

— Je suis venu dès que j'ai reçu le coup de téléphone...

— Le médecin est parti ?

— Il avait une urgence. Je n'ai pas cru devoir le retenir puisque, de toute façon, le médecin légiste ne tardera pas...

Le mort était sur le lit et, en dehors du commissaire de police, il n'y avait personne dans la pièce.

— La famille ?

— Je les ai envoyés dans leur chambre ou au salon. J'ai pensé que vous préféreriez...

Maigret tira sa montre de sa poche. Il était neuf heures quarante-cinq.

— Quand avez-vous été alerté ?

— Il y a environ une heure. Je venais d'arriver au bureau. Quelqu'un a téléphoné à mon secrétaire pour me demander de passer ici.

— Vous savez qui ?

— Oui. Le frère, Armand Lachaume.

— Vous le connaissez ?

— Je ne le connais que de nom. Il a dû venir quelquefois au commissariat pour une légalisation de signature ou pour quelque formalité. Ce sont des gens dont on ne s'occupe pas beaucoup...

La phrase frappa Maigret. *Des gens dont on ne s'occupe pas beaucoup.* Il comprenait, car la maison, comme la marque de biscuits Lachaume, semblait hors du temps, hors de la vie contemporaine.

Il y avait des années que Maigret n'avait pas vu une chambre à coucher comme celle-ci, qui devait être telle quelle, dans ses moindres détails, un siècle plus tôt. Il y avait même un lavabo à tiroirs, avec dessus de marbre gris, qui supportait une cuvette et une aiguière en faïence à fleurs, des plateaux, en même faïence, pour le savon et pour les peignes.

Les meubles, les objets, n'étaient pas particulièrement laids en eux-mêmes. Certains auraient sans doute atteint un certain prix dans une salle de ventes ou chez un antiquaire, mais dans leur agencement, il y avait quelque chose de morne et d'oppressant.

On aurait dit qu'à certain moment, il y avait déjà fort longtemps, la vie, ici, s'était arrêtée, pas celle de l'homme couché sur le lit, mais la vie de la maison, la vie du monde, et la cheminée d'usine elle-même, derrière les rideaux, était ridicule et désuète, avec son « L » en briques noires.

— Vol ?

Deux ou trois tiroirs étaient ouverts. Devant

l'armoire, des cravates et du linge traînaient par terre.

— Il paraît qu'un portefeuille contenant une certaine somme a disparu.

— Qui est-ce ?

Maigret désignait le mort sur le lit. Les draps et les couvertures étaient défaits. L'oreiller était tombé sur le plancher. Un bras pendait. On voyait du sang sur le pyjama déchiré ou brûlé par la poudre.

Si Maigret avait pensé le matin aux noirs et aux blancs très contrastés des films muets, il lui revenait tout à coup en mémoire, dans cette chambre, des illustrations d'autrefois dans les journaux du dimanche, quand on ne publiait pas encore de photographies mais des gravures représentant le drame de la semaine.

— Léonard Lachaume, le fils aîné.

— Marié ?

— Veuf.

— Quand cela s'est-il produit ?

— Cette nuit. D'après le docteur Voisin, la mort remonterait environ à deux heures du matin.

— Qui se trouvait dans la maison ?

— Attendez... Les vieux, le père et la mère, à l'étage au-dessus, dans l'aile gauche... Cela fait deux... Le gamin...

— Quel gamin ?

— Le fils du mort... Un garçon de douze ans... Pour le moment, il est à l'école...

— Malgré le drame ?

— On n'était au courant de rien, paraît-il, quand, à huit heures il est parti pour le collège.

— Personne n'a donc entendu ?... Qui y a-t-il encore dans la maison ?

— La servante... Je crois qu'elle s'appelle Catherine... Elle dort près des vieux et du gamin, là-haut... On dirait qu'elle date de la construction de la maison et elle est aussi délabrée que celle-ci... Puis le frère cadet, Armand...

— Le frère de qui ?

— Du mort... Il couche de l'autre côté du corridor, ainsi que sa femme.

— Ils étaient ici cette nuit les uns et les autres et la détonation n'en a éveillé aucun ?

— Ils l'affirment. Je me suis borné à leur poser quelques questions. C'est difficile. Vous verrez !

— Qu'est-ce qui est difficile ?

— De savoir. Quand je suis arrivé, j'ignorais de quoi il s'agissait. Armand Lachaume, celui qui m'a téléphoné, a ouvert la porte, en bas, dès que ma voiture s'est arrêtée. Avec l'air d'un homme mal réveillé, il a dit, sans me regarder :

« — Mon frère a été tué, Monsieur le Commissaire.

« Il m'a conduit ici et m'a désigné le lit. Je lui ai demandé quand cela s'était passé et il m'a répondu qu'il n'en avait pas la moindre idée.

« J'ai insisté :

« Vous étiez dans la maison ?

« — Je suppose. J'ai dormi dans ma chambre. »

Le commissaire de police paraissait mécontent de lui-même.

— Je ne sais comment dire. D'habitude, quand un drame comme celui-ci se produit dans une famille, on trouve tout le monde près du corps, des gens qui pleurent, d'autres qui expliquent, qui parlent plutôt trop...

« Dans ce cas-ci, il m'a fallu tout un temps pour apprendre que les hommes n'étaient pas seuls dans la maison... »

— Vous avez vu les autres ?

— La femme.

— La femme d'Armand, celui qui vous a téléphoné, c'est bien cela ?

— Oui. A un moment donné, j'ai entendu un frôlement dans le corridor. J'ai ouvert la porte et je l'ai trouvée derrière. Elle avait le même air fatigué que son mari. Elle n'a pas paru gênée. Je lui ai demandé qui elle était et Armand a répondu pour elle :

« C'est ma femme...

« J'ai voulu savoir si elle n'avait rien entendu au cours de la nuit et elle m'a dit que non, qu'elle avait l'habitude de prendre des comprimés de je ne sais plus quoi pour dormir... »

— Qui a découvert le corps ? Quand ?

— La vieille servante, à neuf heures moins le quart.

— Vous l'avez vue ?

— Oui. Elle a dû retourner dans sa cuisine. Je la soupçonne d'être un peu sourde. Elle s'est inquiétée de ne pas voir l'aîné des fils à table, car tout le monde a l'habitude de prendre le petit déjeuner dans la salle à manger. En fin de compte, elle est venue frapper à la porte. Puis elle est entrée et elle est allée avertir les autres.

— Les vieux ?

— Ils ne disent rien. La femme est à moitié paralysée et regarde fixement devant elle comme si elle n'avait plus ses esprits. Son mari paraît si accablé qu'il comprend à peine ce qu'on lui dit.

Le commissaire répéta :

— Vous verrez !

Maigret se tourna vers Janvier.

— Tu veux aller jeter un coup d'œil ?

Janvier s'éloigna et le commissaire s'approcha enfin du mort, qui était couché sur le côté gauche, le visage tourné vers la fenêtre. Quelqu'un lui avait déjà fermé les yeux. Il avait la bouche entrouverte, des moustaches brunes, avec quelques poils blancs, qui pendaient. Ses cheveux clairsemés collaient à ses tempes et à son front.

Il était difficile de juger de l'expression de son visage. Il ne semblait pas avoir souffert et, ce qui l'emportait, c'était sans doute la stupeur. Mais cela ne tenait-il pas à la bouche ouverte et le phénomène ne s'était-il pas produit après la mort ?

Maigret entendit des pas dans le hall du premier étage, puis dans le corridor. Ouvrant la porte, il accueillit un des substituts du procureur qu'il connaissait depuis longtemps et qui lui serra la main sans rien dire en regardant le lit. Il connaissait le greffier aussi, à qui il adressa un signe, mais il n'avait jamais vu le grand jeune homme sans manteau ni chapeau qui les suivait.

— Juge d'instruction Angelot...

Le jeune magistrat, qui venait d'être nommé, tendait une main soignée et ferme, une main de joueur de tennis, et Maigret pensa une fois de plus qu'une nouvelle génération était en train de prendre la relève.

Il est vrai que le vieux docteur Paul suivait de près, essoufflé mais alerte, les yeux et la lippe gourmands.

— Où est le macchabée ?

Maigret remarqua que les prunelles gris-bleu du juge d'instruction restaient glacées et que son front se plissait, sans doute en signe de réprobation.

— Les photographes ont fini ? questionnait le docteur Paul.

— Ils ne sont pas arrivés. Je crois que je les entends.

Il fallait attendre qu'ils aient opéré, ainsi que les spécialistes de l'Identité Judiciaire qui envahissaient la chambre et qui se mettaient au travail.

Dans un coin, le substitut demandait à Maigret :

— Drame de famille ?

— Il paraît qu'il y a eu vol.

— Personne n'a rien entendu ?

— Ils affirment que non.

— Combien sont-ils dans la maison ?

— Attendez que je compte... Les deux vieux et la servante, cela fait trois... Le gamin...

— Quel gamin ?

— Le fils du mort... Cela fait quatre... Puis le frère et sa femme... Six ! Six personnes en plus de celui qui s'est fait tuer, et qui n'ont rien entendu...

Le substitut, s'approchant du chambranle, passa la main sur le papier de tenture.

— Les murs sont épais, mais quand même !... Pas trouvé d'arme ?

— Je ne sais pas... Le commissaire de police d'Ivry ne m'en a pas parlé... J'attends, pour commencer l'enquête, que les formalités soient terminées...

Les photographes cherchaient des prises de courant pour leurs projecteurs et, n'en trouvant pas, étaient obligés d'enlever l'ampoule de la lampe qui pendait au milieu de la pièce. Ils allaient et venaient, grommelant, se bousculant, se lançant des indications tandis que le juge d'instruction, qui avait l'air d'un étudiant sportif, restait immobile, vêtu de gris, sans prononcer une parole.

— Vous croyez que je peux aller, maintenant ? questionna le commissaire de police. Il doit y avoir foule dans mon antichambre. Je pourrais vous envoyer deux ou trois agents pour le cas où, tout à l'heure, les badauds commenceraient à s'assembler sur le trottoir...

— Je vous en prie. Merci.

— Vous ne voulez pas aussi un de mes inspecteurs qui connaisse le quartier ?

— J'en aurai sans doute besoin plus tard. Je vous téléphonerai. Merci encore.

Et, en s'en allant, le commissaire répéta :

— Vous verrez !

Le substitut questionna à mi-voix :

— Voir quoi ?

Et Maigret :

— La famille... L'ambiance... Il n'y avait personne dans la chambre quand le commissaire de police est arrivé... Chacun est resté chez soi, ou dans la salle à manger... Personne ne bouge... On n'entend rien...

Le substitut observa les meubles, le papier peint taché par l'humidité, le miroir, au-dessus de la cheminée, où des générations de mouches avaient laissé leurs traces.

— Cela ne me surprend pas...

Les photographes partirent les premiers, dégageant un peu la pièce. Le docteur Paul put procéder à un examen sommaire tandis que les spécialistes cherchaient des empreintes digitales et fouillaient les meubles.

— Quelle heure, docteur ?

— Je serai plus précis après l'autopsie, mais il y a en tout cas six bonnes heures qu'il est mort.

— Sur le coup ?

— On a tiré à bout portant... La blessure externe est large comme une soucoupe, les chairs brûlées...

— La balle ?

— Je la retrouverai plus tard à l'intérieur, car elle n'est pas ressortie, ce qui laisse supposer qu'on a tiré avec un petit calibre.

Il avait du sang plein les mains. Il se dirigea vers le lavabo, mais la cuvette était vide.

— Il doit bien y avoir un robinet quelque part...

On lui ouvrit la porte. Armand Lachaume, le frère cadet, était dans le corridor et ce fut lui qui, sans mot dire, l'introduisit dans une salle de bains vétuste où trônait une antique baignoire aux pieds galbés dont le robinet s'égouttait, depuis des années sans doute, puisque cela avait laissé des traînées brunes sur l'émail.

— Je vous laisse travailler, Maigret, soupira le substitut en se tournant vers le juge d'instruction. Je rentre au Palais.

Et le juge de murmurer :

— Je m'excuse de ne pas vous accompagner. Je reste.

Maigret eut un sursaut et il faillit rougir en s'apercevant que cela n'avait pas échappé au jeune magistrat. Celui-ci se hâtait d'ajouter :

— Il ne faut pas m'en vouloir, Monsieur le Commissaire. Je ne suis qu'un débutant, vous le savez, et c'est pour moi une occasion d'en apprendre.

N'y avait-il pas un rien d'ironie dans sa voix ?

Il était poli, trop poli même. Et parfaitement froid sous sa cordialité apparente.

C'en était un de la nouvelle école, celle qui considère qu'une enquête appartient au juge d'instruction, dès le début, de bout en bout, et que le rôle de la police se réduit à agir sur les ordres du magistrat.

Janvier, qui se trouvait à ce moment sur le pas de la porte et qui avait entendu, échangea avec Maigret un regard qui en disait long.

CHAPITRE II

MAIGRET NE PARvenait pas à cacher sa mauvaise humeur et cela le rendait presque furieux de penser que le juge, non seulement s'en apercevait, mais devait fatalement la mettre sur le compte de sa présence, ce qui n'était vrai qu'en partie. Est-ce que, dès le boulevard Richard-Lenoir, l'histoire de l'écharpe n'avait pas déclenché une chaîne de pensées moroses !

Cet Angelot, si frais, si alerte, sortait à peine des écoles. Ou bien c'était un sujet exceptionnel, un de ceux qu'on compte sur les doigts à chaque génération, ou bien il était pistonné par des gens puissants, faute de quoi, au lieu d'être nommé à Paris, il aurait piétiné pendant des années dans quelque tribunal de sous-préfecture.

Tout à l'heure, quand le substitut les avait présentés l'un à l'autre, le magistrat s'était contenté de serrer la main de Maigret avec une vigueur qui pouvait passer pour cordiale, mais il n'avait prononcé aucune des phrases auxquelles le commissaire était habitué. Certes, il ne pouvait pas dire, comme les anciens :

— Cela fait plaisir de vous retrouver.

D'autres, cependant, ne manquaient pas de murmurer :

— Enchanté de travailler avec vous.

Il était difficile de croire qu'Angelot n'eût jamais entendu parler de lui. Or, il n'avait marqué ni satisfaction, ni curiosité.

Etait-ce une attitude voulue, une façon de faire comprendre à Maigret que sa popularité ne l'impressionnait pas ? Ou un manque de curiosité, l'indifférence réelle de la nouvelle génération ?

A quelques regards qu'il interceptait, le commissaire se demandait si ce n'était pas plutôt une certaine timidité, une certaine pudeur.

Cela le gênait encore plus que l'habileté. Il se sentait observé et cherchait une contenance. Il dit à Lapointe, à mi-voix :

— Occupe-toi de la routine...

Tous les deux savaient ce que cela signifiait.

Puis il se tourna vers Armand Lachaume, qui n'était pas rasé et qui ne portait pas de cravate.

— Je suppose qu'il y a une pièce où nous serons mieux pour causer ? Il ajouta, remarquant la crudité de l'air :

— Une pièce chauffée, de préférence.

En touchant le radiateur, d'un ancien modèle, il venait de constater que le chauffage central ne fonctionnait pas.

Lachaume, lui non plus, ne se mettait pas en

frais de politesse. Il parut réfléchir puis, les épaules basses, comme résigné, il pronnoça :

— Par ici.

On sentait non seulement dans l'atmosphère de la maison, mais dans l'attitude de ses habitants, quelque chose d'équivoque. Comme l'avait remarqué le commissaire d'Ivry, au lieu des pleurs, des allées et venues désordonnées, des gens qui parlent tous à la fois, on n'entendait que des pas feutrés, on voyait des portes s'entrouvrir, on devinait des visages qui épiaient.

C'est ainsi que, dans le corridor mal éclairé, Maigret surprit, par le léger entrebâillement d'une porte, un œil, des cheveux sombres, une silhouette qui devait être celle d'une femme.

On atteignit le hall du premier étage, et Armand Lachaume poussa, dans l'aile gauche, la porte d'un étrange salon où deux vieillards étaient assis devant un poêle de fonte.

Le fils ne dit rien, ne fit aucune présentation. Le père avait au moins soixante-quinze ans, peut-être quatre-vingts. Contrairement à Armand, il était rasé de frais et portait une chemise propre, une cravate noire.

Il se leva, aussi calme et digne que dans un conseil d'administration, inclina légèrement la tête, puis alla se pencher sur sa femme qui devait être du même âge que lui et dont la moitié du visage était inerte, avec un œil fixe comme un œil de verre.

Il l'aida à se lever de son fauteuil et tous les deux, sans un mot, disparurent par une autre porte.

On se trouvait dans la pièce où la famille se

réunissait d'habitude, cela se sentait à la disposition des meubles, aux objets qui traînaient. Maigret s'assit sur une chaise, se tourna vers le juge Angelot.

— Vous désirez poser les questions ?

— Faites, je vous en prie.

Le juge s'adossait au chambranle de la porte.

— Cela ne vous ferait rien de vous asseoir, Monsieur Lachaume ? continuait Maigret.

Il aurait pu tout aussi bien évoluer dans du coton. Rien ne donnait prise, et il n'y avait, de réel, que la pluie qui continuait à tomber dehors.

— Veuillez me dire ce que vous savez.

— Je ne sais rien.

Jusqu'à la voix qui était neutre, impersonnelle tandis que le regard évitait celui du commissaire.

— Le mort est votre frère aîné, n'est-ce pas ?

— Mon frère Léonard, je l'ai déjà dit à votre collègue.

— La biscuiterie existe toujours ?

— Certainement.

— C'était lui qui la dirigeait ?

— Notre père reste président du conseil d'administration.

— Mais qui la dirigeait en fait ?

— Mon frère.

— Et vous ?

— Je m'occupe de la manutention et des expéditions.

— Il y a longtemps que votre frère a perdu sa femme ?

— Huit ans.

— Vous êtes au courant de sa vie privée ?

— Il a toujours vécu ici, avec nous.

— Je suppose, néanmoins, qu'en dehors de cette maison il avait une existence personnelle, des amis, des amies, des relations ?

— Je ne sais pas.

— Vous avez déclaré au commissaire de police qu'un portefeuille a disparu.

Il fit oui de la tête.

— Quelle somme pouvait contenir ce portefeuille ?

— Je l'ignore.

— Une grosse somme ?

— Je ne sais pas.

— Votre frère avait-il l'habitude de garder, par exemple, plusieurs centaines de mille francs dans sa chambre ?

— Je ne crois pas.

— Etait-ce lui qui maniait les fonds de l'entreprise ?

— Lui et le comptable.

— Où est le comptable ?

— Je suppose qu'il est en bas.

— Et où mettait-on l'argent qui rentrait ?

— A la banque.

— Tous les jours ?

— Il ne rentre pas d'argent tous les jours.

Maigret s'obligeait à rester calme, courtois, sous le regard indifférent du jeune magistrat.

— Mais enfin, il y avait bien de l'argent quelque part...

— Dans le coffre-fort.

— Où se trouve le coffre-fort ?

— Au rez-de-chaussée, dans le bureau de mon frère.

— On y a touché cette nuit ?

— Non.

— Vous vous en êtes assuré ?

— Oui.

— Vous pensez que le meurtrier de votre frère est venu du dehors dans l'intention de le voler ?

— Oui.

— Quelqu'un qu'il ne connaissait ni d'Eve ni d'Adam ?

— Je le suppose.

— La biscuiterie emploie combien de personnes ?

— Pour le moment, une vingtaine. Il fut un temps où nous avions plus de cent ouvriers et ouvrières.

— Vous les connaissez tous ?

— Oui.

— Vous ne suspectez personne ?

— Non.

— La nuit dernière, vous n'avez rien entendu, bien que votre chambre ne soit qu'à quelques mètres de celle de votre frère Léonard ?

— Je n'ai rien entendu.

— Vous avez le sommeil lourd ?

— Peut-être.

— Assez lourd pour ne pas être troublé par un coup de feu tiré à moins de dix pas de vous ?

— Je ne sais pas.

A ce moment, on entendit un grondement et la maison, aux murs pourtant épais, parut trembler quelque peu. Maigret rencontra le regard du juge d'instruction.

— C'est un train ?

— Oui. La voie passe tout près.

— Il y a beaucoup de trains, la nuit ?

— Je ne les ai pas comptés. Une quarantaine environ, surtout de longs trains de marchandises.

On frappa à la porte. C'était Janvier, qui fit signe à Maigret qu'il avait quelque chose à dire.

— Entre. Parle.

— Il y a une échelle, dans la cour, couchée à quelques mètres du mur. J'ai retrouvé la trace des montants sur l'appui de fenêtre.

— Quelle fenêtre ?

— Celle du hall, à côté de cette pièce. La fenêtre donne sur la cour. L'échelle a dû être dressée récemment et un carreau a été brisé après avoir été enduit de savon.

— Vous le saviez, M. Lachaume ?

— Je l'avais constaté.

— Pourquoi ne m'en avez-vous rien dit ?

— Je n'en ai pas eu l'occasion.

— Où était cette échelle d'habitude ?

— Contre le bâtiment de la manutention, à gauche, dans la cour.

— Elle s'y trouvait hier au soir ?

— Normalement, elle devait s'y trouver.

— Vous permettez ?

Maigret sortit de la pièce, autant pour voir par lui-même que pour s'ébrouer, et il en profita pour bourrer une pipe. Le hall, au-dessus de l'escalier, était éclairé par deux fenêtres, une qui donnait sur le quai, l'autre, à l'opposé, sur la cour. Une des vitres de cette dernière était brisée et on voyait quelques morceaux de verre sur le plancher.

Il ouvrit les battants, remarqua, sur la pierre

grise, deux traces plus claires qui correspondaient aux montants d'une échelle.

Dans la cour, comme Janvier l'avait annoncé, une échelle était couchée en travers des pavés. La haute cheminée fumait légèrement. Dans un bâtiment, à gauche, on apercevait des femmes penchées sur une longue table.

Il allait rejoindre les autres quand il entendit du bruit et il vit une femme en peignoir bleu qui venait d'ouvrir sa porte.

— Puis-je vous demander, Madame, de venir un instant au salon ?

Elle parut hésiter, attacha la ceinture de son peignoir et s'avança enfin.

Elle était jeune. Elle n'était pas encore maquillée et son visage luisait un peu.

— Entrez, je vous en prie.

Et, à Armand Lachaume :

— Je suppose que c'est votre femme ?

— Oui.

Les époux ne se regardaient pas.

— Asseyez-vous, Madame.

— Je vous remercie.

— Vous n'avez rien entendu cette nuit, vous non plus ?

— Je prends chaque soir un somnifère avant de me coucher.

— Quand avez-vous appris que votre beau-frère était mort ?

Elle regarda un instant dans le vide, comme si elle réfléchissait.

— Je n'ai pas regardé l'heure.

— Où étiez-vous ?

— Dans ma chambre.

— C'est aussi la chambre de votre mari ?

Elle hésita encore.

— Non.

— Votre chambre donne bien dans le couloir, presque en face de celle de votre beau-frère ?

— Oui. Il y a deux chambres à droite du couloir, celle de mon mari et la mienne.

— Depuis combien de temps faites-vous chambre à part ?

Armand Lachaume toussa, se tourna vers le juge d'instruction toujours debout, prononça d'une voix qui manquait de fermeté, la voix d'un timide obligé de faire un effort :

— Je me demande si le commissaire a le droit de nous poser ces questions qui relèvent de notre vie privée. Mon frère a été tué cette nuit par un cambrioleur et, jusqu'à présent, c'est de nos allées et venues qu'on paraît s'inquiéter.

Une ombre de sourire passa sur les lèvres d'Angelot.

— Je suppose que, si le commissaire Maigret vous interroge de la sorte, c'est à titre de témoins.

— Je n'aime pas que l'on importune ma femme et je désire qu'on la laisse en dehors de tout ceci.

C'était une colère de timide, aussi d'homme qui s'extériorise rarement et ses joues étaient devenues roses.

Maigret reprit doucement :

— Qui était, jusqu'ici, considéré comme le chef de la famille, Monsieur Lachaume ?

— De quelle famille ?

— Mettons de tous ceux qui vivent dans la maison.

— Cela ne regarde que nous. Ne répondez plus, Paulette.

Maigret remarqua qu'il ne la tutoyait pas, mais c'est l'habitude dans un certain milieu, souvent un snobisme.

— Si cela continue, tout à l'heure c'est mon père et ma mère que vous allez tracasser. Puis les employés, le personnel...

— C'est mon intention.

— Je ne connais pas vos droits exacts...

Le magistrat proposa :

— Je peux vous les indiquer.

— Non. Je préfère que notre avocat soit présent. Je suppose qu'il m'est permis de l'appeler ?

Le juge d'instruction hésitait avant de répondre :

— Aucun texte n'interdit la présence de votre avocat. Je vous fais toutefois remarquer une fois de plus que c'est à titre de témoins que vous et les membres de votre famille êtes interrogés et qu'il n'est pas coutume, dans ce cas, de faire appel à...

— Nous ne parlerons pas tant qu'il ne sera pas ici.

— A votre aise.

— Je vais lui téléphoner.

— Où est le téléphone ?

— Dans la salle à manger.

C'était la pièce voisine et on y entrevit les deux vieux qui s'étaient assis devant la cheminée où brûlaient deux maigres bûches. Croyant à une nouvelle invasion, ils firent mine de se lever pour se replier ailleurs, mais Armand Lachaume referma la porte derrière lui.

— Votre mari, Madame, paraît avoir été fort secoué.

Elle regarda le commissaire d'un œil dur.

— C'est naturel, non ?

— Les deux frères n'étaient pas jumeaux ?

— Il y a sept ans de différence d'âge entre eux.

Leurs traits, pourtant, étaient les mêmes, et il n'y avait pas jusqu'aux moustaches qui ne fussent identiques, fines et tombantes. On entendait un murmure de voix dans la pièce voisine. Le juge ne manifestait ni impatience, ni désir de s'asseoir.

— Vous n'avez aucun soupçon, aucune idée personnelle sur...

— Mon mari vous a déclaré que nous ne répondrions pas en dehors de la présence de notre avocat.

— Qui est-ce ?

— Demandez-le à mon mari.

— A-t-il d'autres frères et sœurs ?

Elle le regarda en silence. Et pourtant elle semblait être d'une race différente du reste de la famille. On sentait qu'en d'autres circonstances elle devait être jolie, désirable. et il y avait en elle une vitalité sourde qu'elle était obligée de refréner.

C'était inattendu de la trouver dans cette maison où tout était tellement en dehors du temps et de la vie.

Armand Lachaume réapparaissait. On apercevait une fois de plus les deux vieux qui, devant la cheminée, auraient pu être des figures de cire.

— Il sera ici dans quelques minutes.

Il tressaillait, car on entendait les pas de plusieurs personnes dans l'escalier. Maigret le rassura.

— On vient chercher le corps, annonça-t-il. Je m'en excuse, mais le juge d'instruction vous dira que c'est une règle et qu'il est indispensable de le transporter à l'institut médico-légal aux fins d'autopsie.

Le curieux, c'est qu'on ne sentait aucune douleur, mais un étrange abattement, une sorte de stupeur inquiète.

Maintes fois dans sa carrière Maigret s'était trouvé dans des circonstances à peu près semblables, obligé de faire intrusion dans la vie d'une famille où un crime venait d'être commis.

Jamais il n'avait éprouvé une pareille impression d'irréalité.

Il fallait par surcroît qu'un juge d'instruction appartenant à une autre génération complique les choses en le suivant pas à pas.

— Je vais voir ces messieurs, murmura-t-il. Des ordres à donner...

Ils n'avaient pas besoin d'ordres, ni de conseils. Les hommes qui étaient là avec la civière connaissaient leur métier. Maigret se contenta de les regarder faire, souleva un instant le drap qui couvrait le visage du mort pour le regarder encore une fois.

Il avisa ensuite, dans la chambre, une porte latérale qu'il poussa et il découvrit une pièce poussiéreuse, en désordre, qui devait être le bureau personnel de Léonard Lachaume.

Janvier, qui s'y trouvait, penché sur un meuble, sursauta :

— Ah ! c'est vous, patron...

Il ouvrait un à un les tiroirs d'un secrétaire ancien.

— Tu as trouvé quelque chose ?

— Non. Cette histoire d'échelle ne me plaît pas.

A Maigret non plus. Il n'avait pas encore eu l'occasion de rôder dans la maison ni aux alentours, mais cette échelle n'en avait pas moins à ses yeux quelque chose d'incongru.

— Vous comprenez, poursuivait Janvier, il y a une porte vitrée juste en dessous de la fenêtre dont on a brisé une vitre. Elle donne sous la voûte, d'où on peut monter ici sans rencontrer d'obstacle. Par ce chemin, on n'avait même pas besoin de casser de carreau puisqu'il y en a un, cassé d'avance, qu'on a remplacé par du carton. Pourquoi transporter à travers la cour une échelle très lourde et...

— Je sais.

— *Il* va s'accrocher jusqu'au bout ?

Il, c'était évidemment le juge d'instruction.

— Je n'en sais rien. C'est possible.

Cette fois, ils furent deux à tressaillir, car quelqu'un se tenait sur le seuil, une petite vieille, presque bossue, qui les regardait avec des yeux sombres et indignés.

C'était la servante dont le commissaire de police avait parlé. Son regard allait des deux hommes aux tiroirs ouverts, aux papiers étalés, et elle finit par murmurer, se dominant visiblement pour ne pas les couvrir d'invectives :

— On attend le commissaire Maigret au salon.

Janvier questionna à mi-voix :

— Je continue, patron ?

— Au point où on en est je ne sais plus. Fais ce que tu veux.

Il suivit la bossue qui attendait et qui lui ouvrit la porte du salon où se trouvait un nouveau personnage. Celui-ci se présenta :

— Maître Radel...

Est-ce qu'il allait parler de lui-même à la troisième personne ?

— Enchanté, *maître*.

Encore un jeune, moins jeune que le magistrat, cependant. Dans cette demeure d'une autre époque, Maigret se serait attendu à rencontrer un vieil avocat sale et retors.

Radel n'avait guère plus de trente-cinq ans et il était presque aussi net de sa personne que le juge d'instruction.

— Messieurs, je ne sais que ce que M. Armand Lachaume a bien voulu me dire par téléphone et je tiens avant tout à excuser les réactions de mon client. En faisant un effort pour vous mettre à sa place, vous le comprendrez peut-être. C'est plutôt à titre d'ami qu'à titre d'avocat que je suis venu, et afin de dissiper tout malentendu Armand Lachaume est mal portant. La mort de son frère, qui était l'âme de cette maison, l'a fortement ébranlé et il n'est pas surprenant que, faute de connaître les méthodes de la police, il se soit raidi devant certaines questions.

Maigret soupira, prenant son mal en patience, et ralluma sa pipe éteinte.

— J'assisterai donc, comme il me le demande, aux interrogatoires qu'il vous plaira de décider, mais j'insiste pour que ma présence ne donne pas à l'attitude de la famille un caractère défensif...

Il se tourna vers le juge d'instruction, puis vers le commissaire.

— Qui désirez-vous questionner ?

— Mme Lachaume, dit Maigret en désignant la jeune femme.

— Je vous prie seulement de ne pas perdre de vue que Mme Lachaume est aussi ébranlée que son mari.

— Je voudrais, reprit Maigret, questionner chaque personne séparément.

Le mari fronça les sourcils. Maître Radel lui parla à voix basse et il se résigna à sortir.

— A votre connaissance, madame, est-ce que votre beau-frère a reçu récemment des lettres de menaces ?

— Certainement pas.

— Il vous l'aurait dit ?

— Je le suppose.

— A vous, ou aux autres membres de la famille ?

— Il nous l'aurait dit à tous.

— A ses parents aussi ?

— Peut-être pas étant donné leur âge.

— Donc, il en aurait parlé à votre mari et à vous-même.

— Cela me paraît naturel.

— Les relations entre les deux frères étaient intimes, confiantes ?

— Très intimes et très confiantes.

— Et avec vous ?

— Je ne sais pas ce que vous voulez dire.

— Quelles étaient exactement vos relations avec votre beau-frère ?

— Je m'excuse d'interrompre, fit Maître Radel, mais, ainsi posée, la question pourrait paraître tendancieuse. Je suppose, Monsieur Maigret, qu'il n'est pas dans vos intentions d'insinuer...

— Je n'insinue rien du tout. Je demande seulement si, entre Mme Lachaume et son beau-frère, les relations étaient cordiales.

— Certainement, répondit-elle.

— Affectueuses ?

— Comme, je le suppose, dans toutes les familles.

— Quand l'avez-vous vu pour la dernière fois ?

— Mais... ce matin...

— Vous voulez dire que, ce matin, vous l'avez vu mort dans sa chambre ?

Elle fit oui de la tête.

— Quand l'avez-vous vu pour la dernière fois vivant ?

— Hier soir.

— A quelle heure ?

Elle eut malgré elle un bref regard à l'avocat.

— Il devait être aux environs d'onze heures et demie.

— Où était-ce ?

— Dans le corridor.

— Le corridor sur lequel donnent votre chambre et la sienne ?

— Oui.

— Vous veniez de ce salon ?

— Non.

— Vous étiez en compagnie de votre mari ?

— Non. J'étais sortie seule.

— Votre mari était resté à la maison ?

— Oui. Il sort peu. Surtout depuis qu'une pleurésie a failli l'emporter. Sa santé a toujours été délicate et...

— Quand êtes-vous sortie ?

Elle demanda à l'avocat :

— Je dois répondre ?

— Je vous le conseille, encore que ces questions ne concernent que votre vie privée et n'aient de toute évidence aucun rapport avec le drame.

— Je suis sortie vers six heures.

— Du soir ?

— Pas six heures du matin, en effet.

— Votre avocat vous permettra peut-être de nous dire ce que vous avez fait jusqu'à onze heures et demie ?

— J'ai dîné en ville.

— Seule ?

— Cela me regarde.

— Ensuite ?

— Je suis allée au cinéma.

— Dans le quartier ?

— Aux Champs-Elysées. Quand je suis rentrée, il n'y avait plus de lumière dans la maison, tout au moins du côté du quai. Je suis montée, je me suis engagée dans le corridor et j'ai vu s'ouvrir la porte de mon beau-frère.

— Il vous attendait ?

— Je n'en vois pas la raison. Il avait l'habitude de lire, très tard, dans le petit bureau adjoignant sa chambre.

— C'est du bureau qu'il est sorti ?

— De sa chambre à coucher.

— Comment était-il habillé ?

— En robe de chambre. En pyjama et en robe de chambre. Il a dit :

« — Ah ! c'est vous, Paulette...

» J'ai dit à mon tour :

» — Bonsoir, Léonard.

» — Bonsoir...

» C'est tout. »

— Chacun de vous est rentré dans sa chambre ?

— Oui.

— Vous avez parlé à votre mari ?

— Je n'avais rien à lui dire.

— Vos chambres sont communicantes ?

— Oui. Mais la porte de communication est presque toujours fermée.

— A clef ?

L'avocat intervint :

— Je pense, Monsieur le Commissaire, que vous exagérez.

La jeune femme haussa les épaules avec lassitude.

— Pas à clef, non, laissa-t-elle tomber d'un ton méprisant.

— Vous n'avez donc pas vu votre mari ?

— Non. Je me suis déshabillée et me suis mise au lit tout de suite.

— Vous avez une salle de bains personnelle ?

— La maison est vieille. Il n'existe qu'une salle de bains à l'étage, au fond du couloir.

— Vous y êtes allée ?

— Certainement. Dois-je vous donner plus de détails ?

— Vous avez remarqué s'il y avait encore de la lumière dans la chambre de votre beau-frère ?

— J'ai vu de la lumière sous la porte.

— Vous n'avez rien entendu ?

— Rien.

— Votre beau-frère vous faisait-il parfois des confidences ?

— Cela dépend de ce que vous appelez des confidences.

— Il arrive qu'un homme préfère raconter certaines choses à une femme qu'à son frère ou à ses parents, par exemple. Une belle-sœur se trouve être à la fois une parente et une étrangère.

Elle attendait sans impatience.

— Léonard Lachaume, veuf depuis des années, vous parlait-il de ses liaisons féminines ?

— Je ne sais même pas s'il en avait.

— Il sortait beaucoup ?

— Fort peu.

— Vous savez où il allait ?

— Cela ne me regardait pas.

— Son fils a douze ans, m'a-t-on dit ?

— Il a eu douze ans le mois dernier.

— Léonard s'en occupait personnellement ?

— Ni plus ni moins que tous les parents qui travaillent. Léonard travaillait beaucoup et il lui arrivait après dîner de descendre au bureau.

— Votre belle-mère est presque impotente, n'est-ce pas ?

— Elle ne marche qu'avec une canne et il

faut que quelqu'un la soutienne dans l'escalier.

— Votre beau-père n'est pas très ingambe, non plus ?

— Il a soixante-dix-huit ans.

— La servante, à ce que j'ai vu. n'est guère plus alerte. Si j'ai bien compris, c'est pourtant dans l'aile gauche du second étage, avec ces trois vieillards, que l'on a mis l'enfant.

Elle commença :

— Jean-Paul...

Puis, se ravisant, elle se tut.

— Vous alliez dire que Jean-Paul, votre neveu...

— Je ne sais plus ce que j'allais dire.

— Depuis combien de temps couche-t-il au second étage ?

— Pas longtemps.

— Des années ?... Des mois ?... Des semaines ?...

— Une semaine environ..

Cela, Maigret en était sûr, elle ne l'avait lâché qu'à regret et l'avocat le comprit également, car il fit aussitôt diversion.

— Je me demande. Monsieur le Commissaire, si vous ne pourriez pas demander ces renseignements à d'autres personnes de l'entourage. Mme Lachaume a eu une matinée pénible et on ne lui a pas donné le temps de faire sa toilette. Je pense que son mari serait mieux placé pour...

— De toute façon, Maître Radel, j'en ai terminé avec elle, en tout cas pour le moment. A moins que monsieur le Juge d'Instruction n'ait des questions à lui poser.

Le juge se contenta d'un léger signe.

— En m'excusant de vous avoir retenue, Madame...

— Vous désirez que je vous envoie mon mari ?

— Pas à présent. Je préférerais interroger brièvement cette vieille servante qui s'appelle... ?

— Catherine. Il y a plus de quarante ans qu'elle est avec mes beaux-parents et elle a presque le même âge qu'eux. Je vais voir si elle est dans la cuisine.

Elle sortit et l'avocat fut sur le point de dire quelque chose, se ravisa, alluma une cigarette après l'avoir tapotée sur son étui d'argent.

Il en avait offert une au magistrat, qui avait refusé en disant :

— Merci. Je ne fume pas.

Maigret, qui avait soif, n'osait pas réclamer à boire et avait hâte de sortir de cette maison.

Un temps très long s'écoula avant qu'on entende un trottinement, puis un grattement à la porte.

— Entrez !

C'était la vieille Catherine, qui les regardait tour à tour d'un œil encore plus noir que dans le bureau, tout à l'heure, et qui prononçait, agressive :

— Qu'est-ce que vous me voulez ? Et d'abord, si vous continuez à fumer comme ça dans la maison, M. Félix va encore avoir une crise d'asthme.

Que faire d'autre ? Sous le regard ironique du juge, Maigret déposa en soupirant sa pipe sur le guéridon.

CHAPITRE III

PLUS GENE QUE jamais par l'attitude du magistrat et par la présence de l'avocat, Maigret commença, d'une voix qui manquait de fermeté, comme on tâte le terrain :

— Il y a quarante ans, m'a-t-on dit, que vous êtes dans cette maison?

Il croyait l'amadouer, lui faire plaisir. Au lieu de cela, elle glapissait :

— Qui est-ce qui vous a dit ça ?

Et, comme il se demandait si les rôles étaient renversés, si c'était lui qui allait répondre aux questions de la vieille, elle continua.

— Il n'y a pas quarante ans, mais cinquante que je suis ici. Je suis entrée en service quand la pauvre madame avait à peine plus de vingt ans et qu'elle attendait M. Léonard.

Un rapide calcul. La vieille Mme Lachaume, qui paraissait le même âge que son mari, n'avait donc guère plus de soixante-dix ans. Comment était la maison quand Catherine, petite bonne sans doute venue tout droit de sa campagne, y avait débarqué et que sa jeune maîtresse était enceinte de son premier enfant ?

Des questions saugrenues se pressaient à l'esprit de Maigret. Il devait déjà, à cette époque, y avoir des Lachaume aînés, un autre couple de vieux, car il avait lu sur la plaque de cuivre « Maison fondée en 1817 ». Pas si longtemps après Waterloo.

Certains des meubles du salon n'étaient-ils pas à leur place d'aujourd'hui, le canapé empire, par exemple, qui aurait été très beau si on ne l'avait recouvert d'un velours d'un bleu criard ?

Des bûches devaient flamber dans toutes les cheminées de marbre. Une autre génération avait installé le chauffage central, qu'on ne faisait plus fonctionner, par économie ou parce que la chaudière était en mauvais état.

Le poêle le fascinait, un petit poêle rond, à la fonte rongée, comme on en voyait jadis dans les petites gares de campagne et dans certaines administrations.

Tout s'était dégradé, les choses comme les gens. La famille et la maison, repliées sur elles-mêmes, avaient pris un visage hostile.

La vieille Catherine ajoutait un bout de phrase qui, mieux que le reste, situait l'époque. Parlant du bébé qu'avait été Léonard, elle lançait fièrement :

— C'est moi qui l'ai nourri !

Ainsi, ce n'était pas comme servante, mais comme nourrice, qu'elle était venue à Paris et

Maigret, malgré lui, regardait sa poitrine plate, ses jupes noires et sales qui pendaient.

Car elle était sale. Tout ici était sale ou douteux, cassé, usé, réparé par des moyens de fortune.

Parce qu'il était préoccupé par ces images, Maigret posa une question stupide, que le jeune juge Angelot dut répéter par la suite à ses confrères.

— C'est vous aussi qui avez nourri M. Ar mand ?

La réponse vint du tac au tac :

— Comment est-ce que j'aurais eu du lait ?

— Les Lachaume n'ont pas d'autres en fants ?

— Mlle Véronique.

— Elle n'est pas ici ?

— Cela fait un bout de temps.

— Je suppose que, la nuit dernière, vou n'avez rien entendu ?

— Non.

— A quelle heure M. Léonard a-t-il l'habi tude de se lever ?

— Il se lève quand il lui plaît.

— Vous connaissez ses amis, ses relations ?

— Je ne me suis jamais occupée de la vi privée de mes maîtres et vous feriez mieux d'en faire autant. Vous êtes ici pour retrouver le criminel qui a tué M. Léonard et pas pour vous mêler des histoires de la famille.

Lui tournant le dos, elle se dirigeait vers la porte de la salle à manger.

Il fut sur le point de la rappeler. A quoi bon ? S'il avait à la questionner, il le ferait quand il n'y aurait ni juge d'instruction, ni avocat pour le regarder avec une jubilation silencieuse.

Il pataugeait, soit. Mais il faudrait bien qu'il ait le dernier mot.

Allait-il faire venir le vieux Félix Lachaume, et sa femme à moitié paralysée ? Cela aurait été logique de les interroger à leur tour, mais il eut peur de donner à nouveau le spectacle d'un Maigret qui n'était pas à hauteur de la situation.

La servante à peine sortie, il alluma sa pipe, se dirigea vers le hall, où par la fenêtre, il regarda la longue échelle couchée en travers de la cour. Comme il s'y attendait le juge et l'avocat le suivirent.

Une fois au moins dans sa carrière, il avait dû travailler de la sorte devant un témoin attentif à ses faits et gestes, sur une affaire d'ailleurs infiniment moins désagréable. Un certain inspecteur Pyke, de Scotland Yard, avait obtenu l'autorisation de suivre une de ses enquêtes afin de s'initier à ses méthodes et Maigret avait rarement été aussi mal à l'aise de sa vie.

Trop de gens s'imaginaient que ces fameuses méthodes étaient un peu comme une recette de cuisine, établie une fois pour toutes, qu'il suffit de suivre à la lettre.

— Je suppose que vous avez l'intention de questionner Armand Lachaume ?

C'est l'avocat qui avait parlé. Maigret le regarda, sans trop savoir, puis hocha la tête.

— Non. Je vais faire un tour en bas.

— Vous ne m'en voudrez pas de vous suivre. Etant donné que mes clients...

Il haussa les épaules et s'engagea dans l'escalier de ce qui avait été une belle et élégante demeure patricienne.

En bas, il poussa à tout hasard une porte à deux battants, découvrit un vaste salon plongé dans l'obscurité, car les volets étaient fermés. Il régnait une odeur de renfermé, de moisissure. Il chercha le commutateur et deux ampoules sur douze s'éclairèrent dans un lustre de cristal dont plusieurs guirlandes étaient cassées et pendaient.

Il y avait un piano dans un coin, un ancien clavecin dans l'autre et des tapis étaient roulés contre les murs. Au milieu du plancher, on avait empilé des magazines, des dossiers en carton vert et des boîtes à biscuits en fer-blanc. Si on avait joué autrefois de la musique dans cette pièce et si on y avait dansé, il y avait longtemps qu'on n'y mettait plus les pieds et la soie cramoisie qui recouvrait les murs était décollée par endroits.

Une porte entrouverte donnait accès à une bibliothèque aux rayons presque vides, hormis des prix scolaires aux reliures rouges et quelques ouvrages démantelés comme on en trouve dans certaines boîtes des quais.

Le reste avait-il été vendu ? C'était vraisemblable. Les meubles aussi, sans doute, car on n'en voyait plus, sinon, dans une troisième pièce plus humide encore que les autres, un billard au feutre moisi.

La voix de Maigret rendit un son étrange, comme dans une crypte, quand il dit, plutôt pour lui-même que pour les autres qui le suivaient toujours :

— Je suppose que les bureaux sont de l'autre côté de la voûte.

Ils la traversèrent, entendirent des voix sur le trottoir, où les agents maintenaient deux douzaines de curieux.

Face au salon, ils trouvèrent enfin une pièce à peu près vivante, un bureau qui ressemblait à un bureau, même s'il restait désuet. Les murs en étaient recouverts de boiseries, avec deux portraits à l'huile qui dataient du siècle précédent, puis des photographies dont la dernière devait être celle de Félix Lachaume à cinquante ou soixante ans. La dynastie des Lachaume, où Léonard n'avait pas encore son effigie.

Les meubles tenaient entre le gothique et le style Renaissance, comme cela se voit encore au siège de très vieilles affaires commerciales de Paris. Dans une vitrine, des boîtes des divers biscuit de la maison étaient étalées.

Maigret frappa à une porte, à droite.

— Entrez ! fit une voix.

On accédait à un autre bureau, aussi vieillot, mais plus en désordre, où un homme d'une cinquantaine d'années, au crâne chauve et luisant, était penché sur un grand livre.

— Je suppose que vous êtes le comptable ?

— Justin Brême, comptable, oui.

— Commissaire Maigret.

— Je sais.

— M. Angelot, juge d'instruction, et Maître Radel, l'avocat de la famille.

— Enchanté.

— Je suppose, M. Brême, que vous êtes au courant de ce qui s'est passé la nuit dernière ?

— Asseyez-vous, messieurs...

Un bureau inoccupé faisait face au sien.

— Ceci est le bureau de M. Armand Lachaume ?

— Oui, Messieurs. L'affaire Lachaume est une affaire de famille, depuis plusieurs générations, et, il n'y a pas si longtemps, M. Félix occupait encore le bureau voisin que son père et son grand-père avaient occupé avant lui.

Il était gras, un peu jaune. Par une porte ouverte, on découvrait un troisième bureau où travaillaient un homme en blouse grise et une dactylo d'un certain âge.

— J'aimerais vous poser quelques questions.

Maigret désignait un coffre-fort d'un ancien modèle qui, malgré son poids et sa taille, n'aurait pu résister à un cambrioleur débutant.

— C'est dans ce coffre que vous gardez l'argent liquide ?

M. Brême alla d'abord fermer la porte du bureau voisin, revint, l'air embarrassé, eut un coup d'œil à l'avocat, comme pour lui demander conseil.

— Quel argent liquide ? demanda-t-il enfin, à la fois candide et roublard.

— Vous employez du personnel. Vous avez donc à faire la paie...

— Hélas ! Cela ne revient que trop souvent.

— Vous devez avoir un fonds de roulement...

— Je *devrais*, Monsieur le Commissaire ! Malheureusement, depuis longtemps nous vivons à la petite semaine et il n'y a pas, ce matin, plus de dix mille francs dans ce coffre. Encore en aurai-je besoin tout à l'heure pour verser un acompte sur une facture.

— Les ouvriers et les ouvrières sont au courant ?

— Il leur arrive d'attendre leur salaire plusieurs jours, parfois de n'en recevoir qu'une partie.

— Donc, l'idée ne viendrait à aucun d'eux de cambrioler la maison ?

M. Brême eut un rire silencieux à cette idée.

— Sûrement pas.

— Les gens du quartier connaissent la situation.

— L'épicier, le boucher, la crémière reviennent jusqu'à trois et quatre fois pour se faire payer...

C'était désagréable d'aller jusqu'au bout. Cela ressemblait à un déshabillage indécent, et pourtant c'était indispensable.

— Les Lachaume ne possèdent pas de fortune personnelle ?

— Aucune.

— Combien, à votre avis, pouvait contenir le portefeuille de M. Léonard ?

Le comptable esquissa un geste vague.

— Pas grand-chose.

— Cependant l'affaire continue, objecta Maigret.

M. Brême regarda de nouveau le jeune avocat.

— Il me semble, intervint celui-ci, que, de plus en plus, on enquête non pas sur le meurtrier, mais sur mes clients.

Et Maigret, bougon :

— Vous parlez comme la vieille Catherine, Maître. Comment voulez-vous que je retrouve un assassin si je ne découvre pas les motifs qui l'ont poussé ? On nous affirme qu'il s'agit d'un cambrioleur...

— L'échelle le prouve...

Le commissaire grommela, sceptique :

— Oui ! Et la disparition du portefeuille ! Et le fait qu'on n'a pas encore retrouvé d'arme...

Il ne s'était pas assis. Les autres non plus, malgré l'invitation du comptable, qui debout, louchait vers sa chaise rembourrée.

— Dites-moi, Monsieur Brême, vous finissez malgré tout par payer le personnel puisqu'il continue à travailler...

— C'est chaque fois un miracle.

— Et d'où vient cet argent miraculeux ?

L'homme commençait à se montrer nerveux.

— M. Léonard me le remettait.

— En argent liquide ?

Maître Radel insinua :

— Vous n'êtes pas obligé de répondre, Monsieur Brême.

— On s'en apercevra de toute façon en examinant les écritures ou en s'adressant à la banque... L'argent m'est remis généralement sous forme de chèque...

— Vous voulez dire que M. Léonard avait un compte en banque distinct de celui de l'affaire Lachaume et que c'est sur ce compte qu'il tirait des chèques quand le besoin devenait trop pressant ?

— Non. Il s'agit de Mme Lachaume.

— La mère ?

— Mme Paulette.

On arrivait enfin à quelque chose et, satisfait, Maigret s'assit.

— Prenez place à votre bureau, Monsieur Brême. Répondez-moi tranquillement. Depuis combien de temps Mme Paulette, comme vous l'appelez, c'est-à-dire la femme d'Armand Lachaume, sert-elle de providence à la maison ?

— Pour ainsi dire depuis qu'elle en fait partie.

— Quand le mariage a-t-il eu lieu ?

— Il y a six ans. Deux ans après la mort de Mme Marcelle.

— Pardon ! Qui était Mme Marcelle ?

— La femme de M. Léonard.

— Il y a six ans, donc, Armand Lachaume a épousé Paulette... Paulette qui ?

— Paulette Zuber.

— Elle avait de la fortune ?

— Beaucoup.

— Il lui reste de la famille ?

— Son père est mort il y a cinq mois et elle est fille unique. Quant à sa mère, elle ne l'a pas connue.

— Qui était Zuber ?

Ce nom était familier et il lui semblait que c'était sur le plan professionnel qu'il l'avait entendu.

— Frédéric Zuberski, dit Zuber, le marchand de peaux.

— Il a eu des ennuis, n'est-ce pas ?

— Le fisc, pendant un temps, s'est acharné sur lui. On lui a aussi fait le reproche, après la guerre...

— J'y suis !

Zuberski, qui se faisait appeler Zuber, avait eu son heure de célébrité. Il avait commencé par ramasser les cuirs et peaux brutes chez les paysans, avec une carriole, puis on l'avait vu monter un entrepôt, à Ivry justement, non loin, sans doute, de la maison Lachaume.

Avant la guerre, déjà, son affaire était importante et Zuber possédait un certain nombre de camions ainsi que des dépôts en province.

Plus tard, deux ou trois ans après la Libération, le bruit avait couru qu'il avait ramassé une fortune considérable et on avait parlé de son arrestation prochaine.

Si les journaux s'étaient intéressés à lui, c'était en grande partie à cause du pittoresque du personnage, un bonhomme mal bâti, mal habillé, qui parlait le français avec un fort accent et qui savait à peine lire et écrire.

Il brassait des millions, certains disaient des milliards et on prétendit qu'il possédait en fait, directement ou par personne interposée, le monopole des peaux brutes.

Ce n'était pas Maigret qui s'en s'était occupé, mais la section financière. Le silence avait fini par se faire et le commissaire ignorait comment l'affaire s'était terminée.

— De quoi Zuber est-il mort ?

— D'un cancer, on l'a opéré à la clinique Saint-Joseph.

— Si j'ai bien compris, c'est grâce à son argent que l'affaire Lachaume se maintient tant bien que mal ?

— Pas exactement. En se mariant, Mme Paulette a apporté une dot importante...

— Qu'elle a investie dans les biscuits Lachaume ?

— Plus ou moins. Mettons qu'on y faisait appel chaque fois que c'était nécessaire.

— Et ensuite, quand cette dot a été épuisée ? Car elle s'est vite épuisée ?

— Oui.

— Comment s'y est-on pris alors ?

— Mme Paulette allait trouver son père...

— Il ne venait pas ici ?

— Je ne me souviens pas de l'avoir vu. S'il venait, c'était le soir, là-haut, mais je n'en suis pas sûr.

— Je ne vois vraiment pas, Monsieur le Commissaire, à quoi vous voulez en venir, protestait une fois de plus l'avocat.

Le juge, lui, paraissait fort intéressé et il y avait même une lueur amusée dans ses yeux clairs.

— Moi non plus, avoua Maigret. Voyez-vous, Maître, au début d'une enquête, on est dans le noir et on ne peut rien faire que tâtonner. Donc, Ferdinand Zuber, qui avait une fille unique, l'a donnée en mariage au plus jeune des fils Lachaume, Armand, nantie d'une confortable dot. Vous n'en connaissez pas le chiffre ?

— Je proteste.

Radel encore, bien entendu, qui ne tenait pas en place.

— Bon. Je n'insiste pas. Les biscuits ont mangé la dot. Puis périodiquement, on a envoyé Paulette auprès de son père, qu'on ne recevait pas.

— Il n'a pas dit ça.

— Je corrige. Qu'on ne recevait pas ou qui n'était pas un familier de la maison... Le père Zuber crachait...

C'était surtout par protestation contre la

présence du magistrat et du jeune avocat que Maigret se montrait vulgaire.

— Puis Zuber est mort. Est-ce que les Lachaume sont allés à son enterrement ?

M. Brême eut un pâle sourire.

— Ce n'est pas mon affaire...

— Vous y étiez, vous ?

— Non.

— Je suppose qu'il existe un contrat de mariage ? Un vieux renard comme Zuber n'a pas dû...

— Ils sont mariés sous le régime de la séparation des biens.

— Et Paulette Lachaume, voilà quelques mois, a hérité de la fortune de son père. C'est exact ?

— C'est exact.

— De sorte que c'est elle, à présent qui tient les cordons de la bourse ? C'est à elle qu'on doit s'adresser lorsqu'il n'y a pas d'argent en caisse pour régler les fournisseurs ou pour faire la paie ?

Radel, toujours, obsédant comme une grosse mouche bleue.

— Je ne vois pas où cela vous mène.

— Moi non plus, Maître. Mais je ne vois pas non plus où cela me mènerait de rechercher dans Paris un cambrioleur assez bête pour pénétrer dans une maison où il n'y a pas d'argent, en se servant d'une lourde échelle et en brisant un carreau alors qu'il y a une porte vitrée, au rez-de-chaussée, tout cela aux fins de s'introduire dans la chambre d'un homme endormi, de le tuer d'un bruyant coup d'automatique et de s'emparer d'un portefeuille à peu près vide.

— Vous n'en savez rien.

— En effet ! Léonard Lachaume aurait pu, hier au soir, demander de l'argent à sa belle-sœur. Il n'en reste pas moins qu'il existe, dans ce bureau, un coffre-fort monumental mais d'une simplicité enfantine auquel on n'a pas touché. Il n'en reste pas moins aussi qu'il y avait, au moment du crime, six personnes au moins dans la maison.

— On a vu des cambriolages plus déroutants.

— Je vous le concède. Pour pénétrer dans la cour où se trouvait l'échelle, il a fallu sauter le mur, qui a trois mètres cinquante de haut environ, si j'ai bien vu. Enfin, à quelques pas de la chambre où le coup de feu a été tiré, dormaient deux personnes qui n'ont rien entendu.

— Nous sommes à proximité d'une ligne de chemin de fer où les trains se suivent pour ainsi dire sans arrêt.

— Je ne le nie pas, Monsieur Radel. Mon métier est de chercher la vérité et je la cherche. Votre présence même m'inclinerait à ne pas chercher très loin, car il est rare que les parents d'une personne assassinée fassent appel à un avocat avant même que la police ait pu les interroger.

Je vais vous poser une question à laquelle vous ne répondrez sans doute pas. Armand Lachaume, devant moi, vous a téléphoné pour vous demander de venir ici. Où habitez-vous, Maître ?

— Place de l'Odéon. C'est à deux pas.

— Vous êtes arrivé, en effet, moins de dix minutes plus tard. Vous n'avez pas manifesté beaucoup de surprise. Vous avez posé peu de questions. Etes-vous sûr que vous n'étiez pas au courant avant nous de ce qui s'est passé la nuit dernière ?

— Je proteste énergiquement contre...

— Contre quoi ? Bien entendu, je ne vous accuse pas d'avoir pénétré dans la maison, nuitamment, par la fenêtre. Je me demande seulement s'il n'y a pas eu, ce matin, de bonne heure, un premier coup de téléphone pour vous mettre au courant et vous demander conseil...

— Je fais toutes mes réserves, en présence du juge d'instruction, sur les suites que pourrait comporter une pareille accusation.

— Ce n'est pas une accusation, Maître. Une simple question. Et, si vous préférez, une question que je me pose à moi-même.

Maigret en avait le poil hérissé.

— Quant à vous, monsieur Brême, je vous remercie. J'aurai sans doute à revenir et à vous poser d'autres questions. C'est à Monsieur le Juge de décider s'il est nécessaire de mettre les scellés sur les bureaux...

— Qu'en pensez-vous ?

Il laissait Maigret décider.

— Je ne crois pas que ce soit utile et, après ce que nous a dit M. Brême, il est probable que la comptabilité ne nous apprendrait rien.

Il chercha son chapeau, s'aperçut qu'il l'avait laissé là-haut.

— Je vais aller vous le chercher, proposa l'employé.

— Ne vous dérangez pas.

Maigret s'engagea dans l'escalier, eut la sensation d'une présence et, levant la tête, aperçut le visage de Catherine penchée sur la rampe. Elle devait le guetter.

— C'est votre chapeau que vous voulez ?

— Oui. Mon inspecteur n'est pas là-haut ?

— Il y a longtemps qu'il est parti. Attrapez !

Sans le laisser aller jusqu'en haut, elle lui lança son feutre et, tandis qu'il allait le ramasser sur le paillasson, elle cracha.

-:-

L'avocat ne les avait pas suivis dans la rue. A cause de la pluie qui tombait toujours, aussi froide et triste que le matin, il ne restait que quelques badauds qu'un agent en uniforme suffisait à tenir à distance. Les journaux, par miracle, n'avaient pas encore été alertés.

Les deux voitures noires, celle de la P.J. et celle du juge, stationnaient toujours au bord du trottoir.

— Vous rentrez au quai des Orfèvres ? questionna le magistrat en ouvrant sa portière.

— Je ne sais pas encore. J'attends Janvier, qui doit se trouver dans les environs.

— Pourquoi avez-vous besoin de l'attendre ?

— Parce que je ne conduis pas, répondit candidement Maigret en désignant la 4 CV de la police.

— Vous voulez que je vous dépose ?

— Merci. Je préfère attendre et renifler l'air du quartier.

Il prévoyait des questions précises, peut-être des objections, des conseils de prudence, de modération.

— J'aimerais, Monsieur le Commissaire, que vous me téléphoniez avant midi afin de me tenir au courant. Mon intention est de suivre cette affaire de très près.

— Je sais. Au revoir, Monsieur le Juge.

Les quelques curieux les regardaient et une femme qui serrait un châle noir sur sa poitrine murmura à une autre :

— C'est le fameux Maigret.

— Et le jeune ?

— Je ne sais pas.

Maigret, relevant le col de son pardessus, se mit à marcher sur le trottoir. Il avait à peine parcouru cinquante mètres que quelqu'un lui faisait signe de la porte d'un petit bar : *Aux Copains du Quai*. C'était Janvier.

Il n'y avait personne, que la patronne derrière son bar, une grosse femme mal peignée qui surveillait de loin, par la porte de la cuisine, une casserole qui fumait sur le fourneau en répandant une forte odeur d'oignons.

— Qu'est-ce que vous prenez, patron ?

Janvier ajouta :

— Moi, j'ai pris un grog. C'est un temps à attraper la grippe.

Maigret prit un grog aussi.

— Tu as découvert quelque chose ?

— Je ne sais pas. J'ai cru bien faire, avant de partir, de mettre les scellés sur la porte de la chambre.

— Tu as téléphoné au docteur Paul ?

— Il est encore au travail. Un de ses assistants m'a dit qu'on a trouvé une certaine quantité d'alcool dans l'estomac. Ils vont en établir la proportion dans le sang.

— Rien d'autre ?

— Ils ont récupéré la balle, qu'ils enverront à l'expert. D'après le docteur, c'est un petit calibre, probablement un 6,35. Qu'est-ce que vous en pensez, vous, patron ?

La bistrote s'était éloignée pour aller tourner une cuiller en bois dans son fricot.

— J'aimais mieux l'affaire de ce matin.

— Le Chanoine ?

— Ces gens-là, au moins, ne tuent pas.

— Vous ne croyez pas à leur histoire de cambriolage ?

— Non.

— Moi non plus. Les techniciens ont recherché des empreintes sur l'échelle et sur la vitre, sans rien trouver. Seulement, sur l'échelle de vieilles empreintes du contremaître.

— Le type pouvait être ganté. Cela ne prouve rien.

— J'ai examiné le mur extérieur.

— Et alors ?

— Il est couvert de tessons de bouteille. A certain endroit, pas loin de la maison, des morceaux de verre ont été écrasés. J'ai fait prendre des photos.

— Pourquoi ?

— Vous savez, patron, qu'un monte-en-l'air prépare son coup. S'il sait qu'un mur est couvert de tessons de bouteille, il apporte un vieux sac, ou un bout de planche. On retrouve alors le verre brisé d'une certaine façon. Or, ici, le verre a été pulvérisé comme à coups de marteau.

— Tu as questionné les voisins ?

— Ils n'ont rien entendu. Tous me répètent que les trains font un vacarme infernal et qu'il faut des années pour s'y habituer. Comme j'ai remarqué qu'il n'y a pas de volets au premier et au second étage, je suis allé interroger les mariniers de la péniche que vous voyez là-bas en déchargement. J'aurais aimé savoir si quelqu'un avait vu des lumières dans la maison après minuit.

« Ils dormaient, comme je m'y attendais. Ces gens-là se couchent et se lèvent tôt. Cependant, la femme m'a révélé un détail qui pourrait devenir intéressant. La nuit dernière, un bateau belge était amarré contre eux et il est parti de bonne heure ce matin. Il s'agit du *Notre-Dame*, qui se dirige vers la minoterie de Corbeil.

« C'était hier l'anniversaire du patron. Des gens d'une autre péniche, belge aussi, amarrée en amont, ont passé une partie de la nuit à bord du *Notre-Dame* et il y avait entre autres un type avec un accordéon. »

— Tu as le nom de la péniche ?

— Non. D'après la femme, elle a dû partir aussi.

Maigret appela la patronne, paya les deux grogs.

— Où allons-nous ? questionna Janvier.

— Fais d'abord un tour dans le quartier. Il y a quelque chose que je voudrais retrouver.

La petite voiture noire n'eut que quelques

centaines de mètres à parcourir dans les rues avoisinantes.

— Arrête. C'est ici.

On voyait un long mur lézardé, une cour non pavée, des bâtiments, les uns en bois, les autres en brique, qui étaient percés à jour comme les entrepôts où on met le tabac à sécher. Au-dessus du portail, on lisait :

F ZUBER
Cuirs et Peaux

Puis, d'une peinture plus fraîche, d'un jaune agressif :

David Hirschfeld, successeur

Janvier, qui n'était pas au courant, gardait le pied sur l'embrayage.

— La vache à lait des Lachaume depuis six ans, grommela Maigret. Je t'expliquerai plus tard.

— Je vous attends ?

— Oui. Je n'en ai que pour quelques minutes.

Il trouva sans peine le bureau, car ce mot était écrit au-dessus du plus petit des bâtiments, une baraque, plutôt, dans laquelle une dactylo tapait près d'un poêle qui ressemblait à celui du Quai.

— M. Hirschfeld est ici ?

— Non. Il est aux abattoirs. C'est pour quoi ?

Il montra sa plaque de la P.J.

— Vous étiez déjà dans la maison du temps de M. Zuber ?

— Non. J'ai toujours travaillé pour M. Hirschfeld.

— A quelle époque M. Zuber a-t-il cédé son fonds ?

— Il y a un peu plus d'un an, lorsqu'il a dû entrer en clinique.

— Vous le connaissiez ?

— C'est moi qui ai tapé l'acte de vente.

— Il était âgé ?

— On ne pouvait pas lui donner d'âge, parce qu'il était déjà malade et très maigre. Il flottait dans ses vêtements et sa peau était aussi blanche que le mur que vous voyez là-bas. Je sais qu'il n'avait que cinquante-huit ans.

— Vous n'avez jamais rencontré sa fille ?

— Non. J'en ai entendu parler.

— Dans quelles circonstances ?

— Quand ces messieurs ont discuté de la vente. M. Zuber ne se faisait pas d'illusions sur sa santé. Il savait qu'il n'en avait que pour quelques mois, un an au plus. Le médecin le lui avait annoncé carrément. C'est pourquoi il a préféré une donation entre vifs, ne gardant à son nom que le nécessaire pour payer la clinique et les médecins, ce qui lui épargnait de gros frais de succession.

— Vous pouvez me citer le chiffre ?

— Vous voulez dire le prix que M. Hirschfeld lui a payé ?

Maigret fit signe que oui.

— On en a assez parlé dans les milieux professionnels pour que je ne pense pas commettre une indiscrétion. Trois cents.

— Trois cents quoi ?

— Millions, bien sûr !

Maigret ne put s'empêcher de regarder autour de lui ce bureau miteux, la cour boueuse, les bâtiments presque croulants d'où se dégageait une odeur écœurante.

— Et M. Hirschfeld a payé comptant cette somme-là ?

Elle sourit avec un rien de compassion.

— On ne paie jamais comptant une somme pareille. Il en a versé une partie, je ne vous dirai pas combien exactement, mais vous pouvez le lui demander. Pour le reste, les payements sont échelonnés sur dix ans...

— Le tout pour la fille Zuber ?

— Au nom de Mme Armand Lachaume, oui. Si vous voulez parler à M. Hirschfeld, il revient d'habitude des abattoirs vers onze heures et demie, sauf les jours où il déjeune à La Villette.

Janvier regarda curieusement le Maigret rêveur et comme assommé qui s'en revenait, tête basse, vers la voiture, et qui, s'arrêtant au bord du trottoir, bourrait une pipe.

— Tu sens l'odeur ?

— Ça pue, patron.

— Tu vois cette cour, ces baraques ?

Janvier attendait la suite.

— Eh ! bien, mon petit, tout ça vaut trois cents millions. Et tu sais qui touche ces trois cents millions ?

Il se glissa sur le siège, referma la portière.

— Paulette Lachaume ! Maintenant, au Quai !

Jusqu'au moment de pénétrer dans son bureau, toujours suivi de Janvier, il ne prononça plus un mot.

CHAPITRE IV

MAIGRET OUVRIT LE placard pour y accrocher son manteau et son chapeau humides, entrevit son visage dans le miroir fixé au-dessus de la fontaine et faillit se tirer la langue tant il se trouva une sale gueule. Certes, le miroir déformait quelque peu les images. Le commissaire n'en avait pas moins l'impression d'avoir ramené du quai de la Gare une tête dans le genre de celle des gens qui habitaient l'ahurissante maison.

Après tant d'années dans la police, on ne croit certes plus au Père Noël, au monde des livres édifiants et des images d'Epinal, avec les riches d'un côté, les pauvres de l'autre, les honnêtes gens et les voyous, les familles modèles réunies, comme chez le photographe, autour d'un patriarche souriant.

Il lui arrivait pourtant, à son insu, de se raccrocher à des souvenirs d'enfance et, devant certaines réalités, d'être choqué comme un adolescent.

Il l'avait rarement été autant que chez les Lachaume. Pour une fois, il s'était vraiment senti perdre pied et, maintenant encore, il gardait comme un arrière-goût amer dans la bouche, éprouvait le besoin de reprendre possession de son bureau, de s'asseoir lourdement, de caresser ses pipes, comme pour s'assurer qu'il existait une réalité quotidienne.

C'était une de ces journées où les lampes resteraient allumées et des rigoles d'eau zigzaguaient sur les vitres. Janvier, entré dans la pièce derrière lui, attendait ses instructions.

— Est-ce que ce n'est pas Loureau que j'ai aperçu dans le couloir ?

Loureau était un reporter qui hantait déjà les bureaux de la P.J. quand Maigret n'y était qu'un simple inspecteur.

— Tu pourrais lui passer le tuyau.

D'habitude, il évitait d'alerter la presse au début d'une enquête car, dans son zèle de tout découvrir au plus vite, il arrivait à celle-ci de brouiller les pistes, voire de donner l'éveil à des suspects.

Ce n'était pas par vengeance contre les Lachaume, ni contre le juge d'instruction, que, cette fois, il envoyait les journalistes quai de la Gare mais, devant cette maison hermétique où tout le monde se taisait et où on l'obligeait à mettre des gants, il se sentait désarmé et il n'était pas fâché de voir les reporters s'en mêler. Ils n'étaient pas tenus à la même prudence que lui. Ils n'avaient pas un jeune magistrat sur le dos, ni un Radel qui ferait une affaire du tonnerre du moindre abus de pouvoir ou de la plus petite irrégularité.

— Ne lui fournis aucun détail. Il les trouvera tout seul. Après, tu reviendras me voir.

Il décrocha son téléphone, demanda le commissaire de police d'Ivry.

— Allô ! Ici, Maigret. Vous m'avez fort obligeamment proposé, ce matin, l'aide de vos inspecteurs. Je l'accepte volontiers. J'aimerais qu'ils se renseignent sur ce qui a pu se passer cette nuit autour de la maison. Vous comprenez ? Particulièrement entre minuit et trois heures du matin, par exemple. Peut-être pourrez-vous me trouver, dans vos livres, l'adresse actuelle de Véronique Lachaume, la sœur du mort, qui aurait quitté la maison du quai de la Gare il y a un certain nombre d'années. Vous me faites téléphoner dès que vous l'avez ? Merci. A tout à l'heure.

Il aurait pu appeler Lucas par le téléphone aussi, mais, quand il s'agissait d'un des inspecteurs, il préférait se lever de son fauteuil, aller ouvrir la porte qui communiquait avec leur bureau. Ce n'était pas pour les surveiller mais, en quelque sorte, pour prendre la température de la maison.

— Tu viens un instant, Lucas ?

Ils étaient six au moins dans la grande pièce ce matin-là, ce qui était beaucoup pour un lundi.

— Le Chanoine ? questionna-t-il tout d'abord quand il eut repris place à son bureau.

— J'ai procédé aux formalités d'écrou.

— Comment cela s'est-il passé ?

— Fort bien. Nous avons un peu bavardé.

Vous savez ce que j'ai découvert, patron ? Au fond, il est plutôt satisfait d'avoir été vendu, fût-ce par sa femme. Il ne l'a pas avoué aussi nettement, mais j'ai compris qu'il aurait été plus vexé si nous lui avions mis la main dessus par nos propres moyens, ou à cause d'une faute qu'il aurait commise.

C'était presque rafraîchissant, après la maison Lachaume. Maigret n'était pas surpris. Ce n'était pas la première fois qu'il observait, chez des hommes comme le Chanoine, une véritable fierté professionnelle.

— On ne peut pas dire qu'il soit enchanté d'aller en prison, ni de savoir que c'est sa femme qui l'a donné pour filer le parfait amour avec un autre. Néanmoins, il ne se révolte pas, ne parle pas de se venger quand il sortira de taule. A l'anthropométrie, une fois tout nu, il m'a regardé avec un drôle d'air et a murmuré :

« — Faut-il être c... pour se marier quand on est fichu comme moi ! »

Maigret avait appelé Lucas pour lui donner des instructions.

— Tu vas téléphoner à Corbeil. Tu demanderas à la brigade mobile d'aller voir à la minoterie si la péniche *Notre-Dame* est arrivée. Si elle n'y est pas encore, ils la trouveront vers la dernière écluse. Le bateau était amarré, cette nuit, au port d'Ivry, juste en face de la maison Lachaume. Il y a eu une petite fête à bord, qui a duré très tard. Il est possible que quelqu'un ait remarqué des lumières dans la maison, ou des allées et venues. D'autres mariniers étaient de la fête et je voudrais connaître leur nom, celui de leur bateau, l'endroit où il y a des chances de le trouver. Tu as compris ?

— Oui, patron.

— C'est tout, vieux.

Janvier était rentré.

— Qu'est-ce que je fais, moi ?

C'était le moment le plus désagréable de n'importe quelle enquête, celui où on ne sait pas trop de quel côté diriger les recherches.

— Téléphone à Paul, qui doit avoir fini l'autopsie. Il aura peut-être des détails supplémentaires à te donner avant d'envoyer son rapport. Tu monteras ensuite au laboratoire. Vois s'ils ont découvert quelque chose.

Maigret resta seul avec ses pipes et en choisit une, la plus vieille, qu'il bourra lentement en regardant la pluie couler sur les vitres.

— Trois cents millions !... lui arriva-t-il de grommeler en revoyant la maison délabrée du quai de la Gare, le petit poêle dans le salon, les vieux meubles qui avaient été beaux et qu'on avait recouverts de tissus disparates, les radiateurs glacés, le grand salon, au rez-de-chaussée, la bibliothèque et la salle de billard où on s'attendait à voir errer des fantômes.

Il évoquait aussi le visage un peu de travers d'Armand Lachaume, qui était de toute évidence un faible, peut-être un lâche, et qui semblait avoir vécu dans l'ombre de son frère.

— Qui est-ce qui est libre, là-dedans ? questionna-t-il sur le seuil du bureau des inspecteurs.

Ce fut Torrence qui se leva le premier, comme à l'école.

— Venez chez moi, Torrence. Asseyez-vous.

Vous allez vous rendre quai de la Gare, à Ivry. J'aime mieux que vous n'entriez pas dans la maison, ni dans les ateliers ou les bureaux. Je suppose qu'à midi le personnel, tout au moins en partie, sort pour le déjeuner.

» Tirez-en ce que vous pourrez en vous efforçant surtout d'avoir une réponse à ces questions :

» *Primo :* les Lachaume ont-ils une voiture et de quelle marque ?

» *Secundo :* qui la conduit d'habitude et est-elle sortie hier soir ?

» *Tertio :* est-il fréquent que Paulette Lachaume dîne en ville ? sait-on avec qui ? et a-t-on une idée de ce qu'elle fait ensuite ?

» *Quarto :* dans quels termes était-elle avec son mari ? Je vous signale à tout hasard qu'ils font chambre à part.

» *Quinto :* quels étaient ses rapports avec son beau-frère ?

» Vous avez noté ? Enfin, je ne serais pas fâché de savoir qui était la femme de Léonard Lachaume. Elle est morte il y a environ huit ans. Son nom de jeune fille. Sa famille. Etait-elle riche ? De quoi est-elle morte... ? »

Le gros Torrence, sans broncher, prenait des notes dans son calepin.

— Je crois que c'est tout. Bien entendu, ça presse.

— J'y vais, patron.

N'avait-il rien oublié ? Sans la présence du juge d'instruction et de l'avocat, il se serait attardé quai de la Gare et aurait posé lui-même, directement, certaines questions. Il aurait aimé aussi, ne fût-ce que par curiosité, visiter la chambre d'Armand Lachaume, et surtout celle de sa femme.

Cette héritière de trois cents millions vivait-elle dans le même délabrement que le reste de la famille ?

Il était près de midi et il avait promis de téléphoner au juge Angelot. Il l'appela au bout du fil.

— Ici, Maigret. Je vous fais mon rapport, comme vous me l'avez demandé. Rien d'important à signaler, sinon que Paulette Lachaume est la fille d'un marchand de peaux nommé Zuber, qui lui a laissé un minimum de trois cents millions.

Il y eut un silence à l'autre bout du fil, puis la voix calme du jeune magistrat :

— Vous en êtes certain ?

— A peu près. J'aurai confirmation tout à l'heure.

— Il y a longtemps qu'elle dispose de cette somme ?

— Environ un an, si mes renseignements sont exacts. Quand il s'est vu condamné par les médecins, Zuber a fait à sa fille une donation entre vifs afin de payer le moins possible au fisc.

— Paulette Lachaume est mariée sous le régime de la séparation de biens, n'est-ce pas ?

— C'est ce qui nous a été dit ce matin. Je n'ai pas vérifié.

— Je vous remercie. Continuez à me tenir au courant. Vous n'avez rien d'autre à me signaler ?

— Mes hommes sont occupés à un travail de routine.

Il avait à peine raccroché qu'il décrocha à nouveau.

— Donnez-moi Maître Radel, s'il vous plaît.

Ce fut pour s'entendre répondre que l'avocat n'était pas chez lui, où on l'attendait pour déjeuner.

— Sonnez la maison Lachaume, quai de la Gare. Il y est peut-être encore.

Il y était en effet, ce qui ne manqua pas de laisser Maigret rêveur.

— J'ai deux ou trois petits points à éclaircir, Maître Radel. Comme je sais que vous aimez que vos clients ne soient pas trop dérangés, je préfère m'adresser à vous. Tout d'abord, quel est le nom du notaire de la famille Lachaume...

— Un instant...

Il y eut un assez long silence, pendant lequel l'avocat dut tenir soigneusement la main sur l'appareil.

— Allô ! Commissaire Maigret ? Vous êtes toujours là ? Je ne vois pas où vous voulez en venir, mais mes clients ne s'opposent pas à ce que je vous dise que c'est Maître Barbarin, quai Voltaire.

— Je suppose que, si Léonard Lachaume a laissé un testament, c'est entre les mains de Maître Barbarin qu'il a été déposé ?

— Je le suppose aussi, tout en doutant de l'existence de ce testament, car la famille n'en a pas parlé.

— Le fils de Léonard Lachaume... Il s'appelle Jean-Paul, je crois ?... est-il rentré de l'école ?

— Un moment, s'il vous plaît.

Encore un silence. La main de l'avocat couvrait moins bien l'appareil et Maigret percevait un bourdonnement de voix.

— Il ne rentrera pas. Son oncle a fait le nécessaire, par téléphone, pour qu'il reste au collège.

— Comme interne ?

— Jusqu'à nouvel ordre, oui. Tout à l'heure, on lui portera ses affaires. C'est tout ce que vous désirez savoir ?

— Voulez-vous demander à Mme Lachaume, la jeune, bien entendu, le nom de son notaire personnel, celui qui s'est occupé de la succession de son père et, probablement, de son contrat de mariage ?

Cette fois, le silence dura si longtemps que Maigret se demanda si, à l'autre bout de la ligne, on n'avait pas raccroché. Une seule fois, Maigret perçut la voix de l'avocat qui paraissait en colère et qui disait avec force :

— Puisque je vous dis que...

A nouveau le silence. Les Lachaume résistaient-ils ? Radel était-il occupé à les convaincre que la police parviendrait de toute façon à savoir ce qu'elle voulait savoir ? Qui discutait avec l'avocat ? Armand Lachaume ? Sa femme ? Et les deux vieux, qui avaient déjà l'air de portraits de famille, assistaient-ils à ce débat ?

— Allô !... Je m'excuse, Monsieur le Commissaire... Nous avons été dérangés et je n'ai pu m'occuper tout de suite de votre question... La succession Zuber a été liquidée par les soins du notaire de celui-ci, maître Léon Wurmster, rue de Rivoli... Vous avez compris le nom ?... Wurmster... Léon... Je précise, car il y a un Georges Wurmster, notaire à Passy... Pour le contrat de mariage, c'est Maître Barbarin qui s'en est chargé...

— Je vous remercie.

— Allô !... Ne quittez pas... Je suis prêt à vous donner tout autre renseignement que vous jugeriez utile... Contrairement à ce que vous pouvez penser, mes clients n'ont pas l'intention de cacher quoi que ce soit à la police... Qu'est-ce que vous désirez savoir ?

— D'abord, le contrat de mariage...

— Séparation de biens.

— C'est tout ?

— La fortune de Mme Lachaume revenant à ses enfants éventuels.

— Et faute d'enfants ?

— Au dernier vivant.

— Il s'agit, si je ne me trompe, d'une somme dépassant les trois cents millions ?

— Un instant.

Le silence fut assez court.

— Il y a une certaine exagération, mais le chiffre n'en est pas moins approximatif.

— Je vous remercie.

— Il me semblait que vous aviez d'autres points à éclaircir ?

— Pas pour le moment.

Il appela Maître Barbarin et ce fut assez long de l'obtenir, car le notaire était en conférence.

— Commissaire Maigret. Je suppose que vous savez déjà qu'un de vos clients, Léonard Lachaume, est mort cette nuit ?

Le notaire, pris de court, répondit :

— Je viens de l'apprendre.

— Par téléphone ?

— Oui.

— Je ne vous demande pas d'enfreindre la règle du secret professionnel, mais j'ai besoin de savoir si Léonard Lachaume a laissé un testament.

— Pas à ma connaissance.

— Il n'en a donc pas rédigé en votre présence et n'a remis aucun document de cette sorte à votre étude ?

— Non. Il ne s'en est certainement pas soucié.

— Pourquoi ?

— Parce qu'il ne possédait aucune fortune, sinon une part des actions dans la Biscuiterie Lachaume, et que ces actions sont sans valeur.

— Ne coupez pas encore, Maître Barbarin. Je n'ai pas tout à fait terminé. Léonard Lachaume était veuf. Pourriez-vous me dire le nom de sa femme ?

— Marcelle Donat.

Il n'avait pas eu besoin de consulter ses dossiers.

— A quel genre de famille appartenait-elle ?

— Vous avez entendu parler de la maison Donat et Moutier ?

Maigret avait vu souvent ces deux noms sur des palissades et des chantiers. C'étaient de gros entrepreneurs de travaux publics.

— Elle avait une dot ?

— Bien entendu.

— Vous pouvez m'en dire le montant ?

— Pas sans une réquisition du juge d'instruction.

— Je n'insiste pas. Etant donné la fortune de sa famille, je présume qu'elle était importante ?

Silence.

— Le mariage a eu lieu sous le régime de la séparation de biens ?

— Ma réponse est la même.

— Vous ne pouvez pas m'apprendre non plus de quoi Mme Léonard Lachaume est morte ?

— La famille vous répondra avec plus de précision que moi sur ce point.

— Je vous remercie, Maître.

Ce n'était encore qu'une toile de fond qui commençait à se dessiner. La plupart des personnages restaient flous, indécis, avec, par-ci, par-là, quelques traits plus nets.

A un certain nombre d'années de distance, les fils Lachaume, Léonard d'abord, Armand ensuite, avaient chacun épousé une jeune fille riche.

Elles avaient apporté des dots vraisemblablement importantes dont il paraissait ne rien rester.

N'était-ce pas grâce à ces apports successifs que la biscuiterie fondée en 1817 et jadis prospère existait encore ?

La maison menaçait ruine, certes. Maigret se demandait si, même au fond des campagnes, on trouvait aujourd'hui, comme au temps de son enfance, les paquets de gaufrettes à l'arrière-goût cartonneux.

Les deux vieux, dans leur salon que chauffait un poêle de fonte, n'existaient presque plus par eux-mêmes mais, comme le billard du rez-de-chaussée, comme le lustre de cristal, n'étaient plus que des témoins du passé.

Armand Lachaume, enfin, n'était-il pas inconsistant et n'apparaissait-il pas comme l'ombre de son frère, un double en partie effacé ?

Pourtant, un miracle s'était accompli, qui durait depuis des années ; si délabrée qu'elle fût, la maison était toujours là et la fumée continuait à sortir de la haute cheminée.

La biscuiterie ne correspondait à aucun besoin, à aucune norme économique. Si elle avait été prospère, voire célèbre à l'époque des petites entreprises, des organismes plus modernes s'étaient emparés du marché que se disputaient deux ou trois grandes marques.

En toute logique, la biscuiterie du quai de la Gare aurait dû sombrer depuis longtemps.

Quelle volonté l'avait maintenue en vie malgré tout ?

Il était difficile de croire que c'était Félix Lachaume, le vieillard digne et silencieux, qui ne paraissait plus se rendre compte de ce qui se passait autour de lui.

Depuis quand était-il réduit à n'être qu'une sorte d'élément décoratif ?

Restait Léonard. Le fait que c'était Léonard qui était mort expliquait en partie le désarroi de la famille, ses réticences, ou plutôt son silence, son appel affolé à un avocat.

Ne pouvait-on imaginer que, jusqu'à la dernière nuit, c'était Léonard qui pensait, qui *voulait* pour tout le monde ?

Même pour Paulette Lachaume ?

La dernière question était plus troublante et Maigret s'efforçait de revoir la jeune femme telle qu'elle lui était apparue le matin, les cheveux non peignés, vêtue d'un peignoir bleu assez quelconque.

S'il avait été surpris, cela avait été de trouver, dans cette maison, dans cette famille, une femme jeune animée d'une certaine vitalité, et même d'une vitalité animale. Il n'aurait pas pu dire si elle était jolie ; il aurait pourtant juré qu'elle était désirable.

Décidément, il aurait aimé voir sa chambre et il se demandait si celle-ci était différente du reste de la maison.

Il se demandait aussi comment Paulette y était entrée, pourquoi elle avait épousé un homme aussi falot qu'Armand, avec qui elle faisait chambre à part.

Il y avait d'autres questions, tant de questions, en fait, qu'il préférait remettre à plus tard le souci de les poser.

Comme le téléphone sonnait, il décrocha.

— Ici, Maigret...

C'était Lucas.

— J'ai Corbeil au bout du fil. Ils ont déjà questionné les mariniers. Je vous passe la communication ?

Il dit oui et il entendit la voix d'un inspecteur de la Brigade Mobile de Corbeil.

— J'ai trouvé le *Notre-Dame* dans l'écluse, Monsieur le Commissaire. Le patron et son fils tiennent une terrible gueule de bois et ne se souviennent pas de grand-chose. Ils ont fait de la musique, ils ont chanté presque toute la nuit en buvant et en mangeant.

« Il est arrivé à chacun de monter sur le pont à un moment où à un autre pour rendre à la Seine le trop plein de liquide. Ils n'ont pas fait attention à ce qui pouvait se passer sur le quai.

« Ils ont bien vu des lumières à certaines fenêtres d'une grosse maison, mais ignorent si c'était la maison juste en face de la péniche ou une autre.

» Leurs camarades s'appellent Van Cauwelaert et leur bateau le *Twee Gebroeders,* ce qui paraît-il, signifie les Deux Frères. Ce sont des Flamands. Ils doivent être en train de décharger quelque part le long du canal Saint-Martin. Je doute qu'ils vous en apprennent long car un des frères, en tout cas, était si saoul qu'il a fallu le transporter à son bord.

— Vers quelle heure ?

— Environ quatre heures du matin.

Maigret ouvrit une fois de plus la porte du bureau voisin. Il n'y restait que trois inspecteurs.

— Vous êtes très occupé, Bonfils ?

— Je finis un rapport qui n'est pas urgent.

— Vous allez filer au canal Saint-Martin et chercher une péniche belge qui s'appelle le *Twee Gebroeders*...

Il donna ses instructions et il rentrait dans son bureau, décidé à aller déjeuner, quand le téléphone retentit une fois de plus.

— Ici, Janvier, patron. Je n'ai pas encore beaucoup de détails, mais j'ai cru préférable de vous mettre au courant. Les Lachaume ont une voiture, en dehors de deux vieilles camionnettes qui servent aux livraisons et d'un camion hors d'usage depuis plusieurs années. C'est une Pontiac bleue, inscrite au nom de Paulette Lachaume. Son mari ne conduit pas. Je ne sais pas si le renseignement est exact, mais on prétend dans le quartier qu'il a fait des crises d'épilepsie.

— Léonard conduisait parfois la Pontiac ?

— Oui. L'auto lui servait autant qu'à sa belle-sœur.

— Hier soir ?

— Paulette n'a pas pris l'auto. Cependant, vers six heures, quand elle est sortie, celle-ci était devant la porte.

— Tu ne sais pas si elle est partie en taxi ?

— Je n'en ai pas la certitude. C'est probable. A ce qu'on m'a dit, ce n'est pas la femme à voyager en métro ou en autobus.

— Léonard est sorti ?

— Les inspecteurs d'Ivry s'en occupent et questionnent les habitants du quai. D'après les agents en service, l'auto bleue n'était plus devant la porte à huit heures. L'un d'eux pense qu'il l'a vue revenir vers dix heures du soir, mais il se trouvait à une certaine distance de la maison et il ne l'a pas vue rentrer.

— Qui était au volant ?

— Il n'y a pas fait attention. Il se souvient seulement d'une Pontiac bleue qui venait de la ville et se dirigeait vers le quai.

— C'est tout ?

— Non. J'ai l'adresse de la sœur. Cela n'a pas été facile à obtenir car elle en a changé cinq ou six fois au cours des dernières années.

— Elle fréquentait toujours sa famille ?

— Il semblerait que non. Elle habite à présent rue François-Ier, au 17 *bis*.

— Mariée ?

— Je ne crois pas. Vous voulez que j'aille rue François-Ier ?

Maigret hésita, pensa à son déjeûner, à sa

femme qui l'attendait boulevard Richard-Lenoir, haussa les épaules.

— Non. Je m'en occupe. Continue à fouiner par là-bas et téléphone de temps en temps.

Il était curieux de rencontrer la troisième des Lachaume qu'il s'attendait à trouver différente des autres puisque aussi bien elle était la seule à avoir fui la maison.

Il endossa son pardessus encore humide, hésita à prendre une des voitures de la maison. Tout comme Armand Lachaume, il ne conduisait pas et il aurait été obligé d'emmener quelqu'un avec lui.

Il n'avait pas envie de parler. Dehors, il se dirigea vers la place Dauphine, sachant qu'au dernier moment il entrerait un instant à la brasserie pour boire un verre. Au comptoir, il trouva des inspecteurs des autres services, aucun du sien, car ils étaient tous en route.

— Qu'est-ce que ce sera, Monsieur Maigret ?

— Un grog.

Puisqu'il avait commencé par un grog, autant continuer, même si ce n'était pas l'heure. Les gens du Quai n'avaient pas eu besoin de l'observer longtemps pour comprendre que ce n'était pas le moment de lui adresser la parole. Il y en eut même pour parler tout à coup à voix basse.

Inconsciemment, il s'efforçait de mettre les habitants de la maison d'Ivry à leur place, de les imaginer dans leur existence de tous les jours, ce qui n'était pas facile.

Il semblait, par exemple, qu'ils prenaient leurs repas en commun. Comment une Paulette se comportait-elle en présence des deux vieux ?

Quelle était son attitude entre l'homme effacé, replié sur lui-même, qu'était son mari, et son beau-frère qui paraissait être l'âme de la famille ?

Et le soir ?... Où chacun se tenait-il ?... Que faisaient-ils ?... Il n'avait vu ni radio, ni télévision...

Pour entretenir cette immense maison, dont une partie, il est vrai, était laissée à l'abandon, il n'y avait qu'une servante quasi octogénaire !

Il ne fallait pas oublier le gamin, Jean-Paul, qu'on venait brusquement de mettre en pension mais qui, jusqu'ici, était rentré de l'école chaque après-midi.

Comment un gosse de douze ans réagissait-il dans cette atmosphère ?

— Taxi !

Il se faisait conduire rue François-Ier et, dans son coin, continuait à imaginer la maison aux différentes heures de la journée.

Sans l'obstination du juge d'instruction, il en saurait probablement davantage. Il avait l'impression, en particulier, qu'en questionnant Armand Lachaume pendant un certain temps, d'une certaine façon, il l'aurait forcé à parler.

— Nous sommes arrivés, chef !

Il paya, regarda l'immeuble de six étages devant lequel on l'avait arrêté. Le rez-de-chaussée était occupé par un magasin de mode et plusieurs plaques de cuivre portaient les noms d'affaires connues. Il pénétra sous la voûte, poussa la porte vitrée d'une loge bien tenue et presque luxueuse. Il ne vit pas de chat. Cela ne sentait pas le miroton et la concierge était jeune, et avenante.

Il montra sa plaque en murmurant :

— Commissaire Maigret.

Tout de suite, elle lui désigna une chaise recouverte de velours rouge.

— Mon mari vous a conduit plusieurs fois et il m'a souvent parlé de vous. Il est chauffeur de taxi. Il fait la nuit...

Elle désigna un rideau qui séparait la loge de la chambre à coucher.

— Il est là. Il dort...

— Vous avez une locataire qui s'appelle Mlle Lachaume ?

Pourquoi eut-elle un sourire mystérieux, amusé ?

— Véronique Lachaume, oui. C'est elle qui vous intéresse ?

— Il y a longtemps qu'elle habite l'immeuble ?

— Attendez... C'est facile, car elle a renouvelé le bail le mois dernier... Cela fait donc un peu plus de trois ans...

— Quel étage ?

— Au cinquième, un des deux appartements qui ont un grand balcon.

— Elle est chez elle en ce moment ?

Elle secoua la tête, soupirant à nouveau.

— Elle travaille ?

— Oui. Pas à cette heure-ci.

Maigret s'y trompa.

— Vous voulez dire qu'elle...

— Non. Ce n'est pas ce que vous croyez. Vous connaissez l'*Amazone*, à deux pas d'ici. rue Marbeuf ?

Si Maigret savait qu'il existait un cabaret de ce nom, il n'y avait jamais mis les pieds. Il se souvenait seulement d'une porte vitrée, entre deux magasins, d'une enseigne au néon, de photographies de femmes dévêtues.

— L'établissement lui appartient ? questionna-t-il.

— Pas exactement. Elle en est en même temps la barmaid et l'animatrice.

— La clientèle est un peu spéciale, non ?

La concierge paraissait s'amuser beaucoup.

— Je crois qu'on y rencontre assez peu d'hommes. Par contre, on y voit des femmes en smoking...

— Je comprends. Dans ces conditions, Mlle Lachaume ne doit guère rentrer chez elle avant quatre heures du matin ?

— Cinq heures, cinq heures et demie... Jadis, c'était régulier... Depuis quelques mois, il lui arrive de ne pas rentrer du tout.

— Elle a une liaison ?

— Une vraie, avec un homme.

— Vous savez qui c'est ?

— Je peux vous dire comment il est : un garçon d'une quarantaine d'années, élégant, qui conduit une Panhard décapotable.

— Il lui arrive de passer une partie de la nuit là-haut ?

— Cela lui est arrivé deux ou trois fois. D'habitude, c'est plutôt elle qui se rend chez lui.

— Vous ignorez où il habite ?

— J'ai tout lieu de penser que ce n'est pas loin. Mlle Véronique, comme je l'appelle, fait toujours ses courses en taxi. Elle n'aime ni le métro, ni l'autobus. Or, quand elle découche, je la vois rentrer à pied, d'où je conclus qu'elle ne vient pas de très loin.

— Vous ne vous souvenez pas du numéro de la Panhard ?

— Cela commence par soixante-dix-sept... Je jurerais que cela finit par un trois, mais n'en suis pas certaine... Pourquoi ?... C'est urgent ?

Au début d'une enquête, tout est urgent, car on ne sait jamais quels développements peuvent se présenter à l'improviste.

— Elle a le téléphone ?

— Bien entendu.

— Comment est l'appartement ?

— Trois belles pièces et une salle de bains. Elle l'a meublé avec beaucoup de goût. J'ai tout lieu de croire qu'elle gagne largement sa vie.

— C'est une personne agréable ?

— Vous voulez savoir si elle est jolie ?

Les yeux de la concierge pétillaient à nouveau.

— Elle a trente-six ans et elle n'essaie pas de les cacher. Elle est grasse, avec à peu près deux fois plus de poitrine que moi. Elle porte les cheveux coupés courts, comme un homme, et est toujours, pour sortir, vêtue de tailleurs. Elle a les traits assez épais, et pourtant on a plaisir à la regarder, peut-être parce qu'elle est perpétuellement de bonne humeur et qu'elle a l'air de se ficher de tout.

Maigret commençait à mieux comprendre que la dernière née des Lachaume ait eu hâte de quitter le toit familial.

— Avant cette dernière liaison dont vous me parlez, avait-elle eu d'autres aventures ?

— Assez souvent, mais toujours sans lendemain. Il lui arrivait de rentrer accompagnée, vers les cinq heures du matin, comme je vous l'ai déjà dit. Régulièrement, aux alentours de trois heures de l'après-midi, on voyait un homme s'en aller en détournant la tête et en rasant les murs...

— Autrement dit, depuis qu'elle habite ici, c'est sa première liaison véritable.

— C'est mon avis.

— Elle paraît amoureuse ?

— Elle est plus gaie que jamais. Concluez.

— Vous ignorez à quelle heure j'ai des chances de la trouver ?

— Tout est possible. Elle peut revenir en fin d'après-midi comme il est possible qu'elle se rende directement au cabaret sans passer par ici. C'est arrivé deux ou trois fois. Vous ne croyez pas que je ferais mieux de réveiller mon mari ? Quand il saura que vous êtes venu et qu'il vous a raté...

Maigret tira sa montre de sa poche.

— Je suis pressé, mais j'aurai sans doute l'occasion de revenir.

Quelques minutes plus tard, il était campé devant les photographies de femmes étalées à l'entrée de l'*Amazone*. La porte, qui était une grille, était fermée et il n'y avait pas de bouton de sonnerie.

Un garçon livreur se retourna, ironique, vers ce monsieur mûr qui paraissait plongé dans la contemplation de photos suggestives et Maigret, s'en apercevant, s'éloigna en grommelant.

CHAPITRE V

Au fond — et sa femme devait le soupçonner depuis longtemps — si Maigret, lorsqu'il était plongé dans une enquête, rentrait rarement chez lui pour les repas, c'était moins pour gagner du temps que pour rester comme replié sur lui-même, à la façon d'un dormeur qui, le matin, se recroqueville, entortillé dans les couvertures, pour mieux s'imprégner de sa propre odeur.

C'était l'intimité des autres, en somme, que Maigret reniflait, et maintenant, par exemple, dans la rue, les mains dans les poches de son pardessus, de la pluie sur le visage, il restait plongé dans l'ahurissante atmosphère du quai de la Gare.

N'était-ce pas naturel qu'il répugne à rentrer chez lui, à retrouver son appartement, sa femme, ses meubles, un ordre de choses comme définitif qui n'avait rien à voir avec des Lachaume plus ou moins dégénérés ?

Ce repliement sur lui-même et d'autres manies, y compris sa mauvaise humeur légendaire dans ces moments-là, son dos rond, ses airs bourrus, faisaient partie d'une technique qu'il avait inconsciemment mise au point avec les années.

Par exemple, s'il finit par pénétrer dans une brasserie alsacienne, où il s'assit à une table près de la vitre, ce n'était pas un pur hasard non plus. Il avait besoin, ce midi-là, de se sentir les deux pieds solidement par terre. Il se voulait lourd, imperméable.

Cela lui plaisait que la serveuse, en costume du pays, fût drue et saine, rieuse, avec des fossettes et des cheveux blonds qui frisaient, indemne de toute complication psychologique. Dans le même ordre d'idées, il lui parut naturel de commander une choucroute, qu'on servait ici plantureuse et abondamment garnie, avec des saucisses luisantes et du petit salé d'un rose innocent.

Sa commande passée — y compris la bière, qui s'imposait — il alla téléphoner à sa femme, dont la curiosité ne se traduisit que par trois questions brèves.

— Un meurtre ?

— Quelque chose comme ça.

— Où ?

— Ivry.

— Difficile ?

— Je crois.

Elle ne lui demanda pas s'il rentrerait dîner, sachant d'avance qu'elle serait peut-être un jour ou deux sans le revoir.

Il mangea machinalement, vida deux grands

demis, but son café en regardant la pluie qui tombait toujours, oblique, presque horizontale, et les passants qui marchaient penchés en avant et tenaient leur parapluie comme des boucliers.

Il avait oublié la raideur de son cou. Elle avait dû se dissiper avec le mouvement. Quand, un peu après deux heures, il regagna son bureau, plusieurs messages l'attendaient.

Il prit le temps de se mettre à l'aise, de bourrer une pipe fraîche et le petit poêle de fonte du quai de la Gare lui fit regretter le poêle presque identique qu'il avait gardé dans son bureau longtemps après l'installation du chauffage central quai des Orfèvres et que l'administration avait fini par lui enlever.

Pendant des années on avait souri de sa manie de tisonner vingt fois par jour, car il aimait voir la pluie de cendres incandescentes, comme il aimait le « boum » qu'on entendait à chaque coup de vent.

Le premier message qui lui tomba sous les yeux venait d'un des inspecteurs d'Ivry.

Une certaine Mélanie Cacheux, ménagère, qui habitait la maison voisine des Lachaume, était allée voir sa sœur, la veille, rue Saint-Antoine. Elle y avait dîné et était rentrée par le métro vers neuf heures du soir.

En approchant de son domicile, elle avait vu la Pontiac bleue devant la biscuiterie. Léonard Lachaume était occupé à ouvrir le portail à deux battants et, pendant qu'elle cherchait sa clef dans son sac, il avait pris place dans l'auto, qu'il avait conduite dans la cour.

Elle ne lui avait pas parlé, car, si elle habitait

le quai depuis quinze ans, elle n'entretenait aucune relation avec les Lachaume qu'elle connaissait seulement de vue.

L'inspecteur avait insisté. Mélanie Cacheux était sûre qu'il s'agissait bien de Léonard, l'aîné des fils. Elle ajoutait, ce que Maigret savait déjà :

— D'ailleurs, son frère ne conduit jamais.

Léonard Lachaume était-il reparti ensuite ?

En tout cas, pas à ce moment-là. La femme habitait au premier étage. Son logement donnait sur le quai. Elle avait profité de ce qu'elle sortait pour l'aérer. En rentrant, elle s'était dirigée vers la fenêtre et elle avait entendu les lourds batants du portail voisin qui se refermaient, le grincement familier des verrous. Elle avait machinalement jeté un coup d'œil sur le trottoir et n'avait vu personne.

La seconde note était de l'inspecteur Bonfils, que Maigret avait envoyé au canal Saint-Martin. Il avait retrouvé le bateau *Twee Gebroeders* qui déchargeait des briques. Bonfils avait dû faire plusieurs bistrots avant de rencontrer un des deux frères, Jef Van Cauwelaert, qui semblait vouloir continuer la fête de la nuit précédente.

Jef était monté plusieurs fois sur le pont au cours de la soirée et de la nuit. Ce n'était pas lui, mais son frère, qui jouait de l'accordéon. Une des fois, il avait entendu du bruit sur le quai. Un drôle de bruit, qui lui avait fait lever la tête pendant qu'il se soulageait la vessie :

— *Comme si on écrasait du verre, n'est-ce pas ?*

Cela venait du mur de la biscuiterie. Il n'y

avait personne sur le trottoir, personne le long du mur.

Oui, il était sûr d'avoir aperçu une tête qui dépassait, la tête de quelqu'un qui, dans la cour, était sans doute perché sur une échelle.

A quelle distance de la maison ? A peu près à dix mètres. Et, à ce moment-là, Jef Van Cauwelaert n'avait bu que cinq ou six verres de genièvre.

Maigret chercha le plan que l'Identité Judiciaire avait dressé. L'endroit où les tessons de bouteilles étaient écrasés, sur le faîte du mur, se trouvait marqué d'une croix, à une douzaine de mètres de la maison. Or, il existait un réverbère à moins de trois mètres, ce qui rendait plausible la déposition du marinier.

Bonfils avait insisté sur la question de l'heure, voulant s'assurer que ce n'était pas une des autres fois que l'homme était monté sur le pont qu'il avait assisté à l'incident.

— C'est facile à savoir, car on n'avait pas encore servi le gâteau.

Bonfils était retourné à bord de la péniche afin de questionner la femme de Jef. Le gâteau avait été servi vers dix heures et demie.

Maigret enregistrait, sans essayer de mettre ces informations en place et d'en tirer des conclusions.

Il parcourut un troisième message, toujours d'Ivry, postérieur de quelques minutes au premier. Ces bouts de papier, qui ne comportaient que quelques lignes, représentaient chacun des heures d'allées et venues sous la pluie et un nombre impressionnant de personnes à qui on posait des questions qui leur paraissaient saugrenues.

A six heures du soir, toujours la veille — on retournait en arrière, — une certaine Mme Gaudois, qui tenait une petite épicerie de quartier juste en face du Pont National, avait remarqué une auto de sport rouge stationnant à quelques mètres de sa boutique. Elle avait noté que l'essuie-glace fonctionnait et qu'un homme était assis derrière le volant. L'homme, qui lisait un journal, avait allumé la lampe intérieure. Il avait l'air d'attendre quelqu'un.

L'auto était restée là longtemps. Mme Gaudois, faisant le compte des clientes qu'elle avait servies pendant le stationnement de la voiture, évaluait l'attente à une vingtaine de minutes.

Non. L'homme n'était pas très jeune. Une quarantaine d'années. Il portait un imperméable jaunâtre. Elle l'avait mieux vu quand, devenant impatient, il était sorti de l'auto et avait fait les cent pas sur le trottoir. A certain moment, il était même venu regarder la vitrine de l'épicerie.

Il portait un chapeau brun. Il avait des petites moustaches.

Ce n'était pas un des Lachaume ; ni M. Léonard, ni M. Armand. Elle les connaissait tous les deux de vue. Même que la vieille Catherine se servait parfois chez elle et qu'elle lui devait de l'argent. Ces gens-là avaient des notes à la traîne chez tous les commerçants du quartier.

L'épicière avait entendu les pas d'une femme marchant sur de hauts talons. La lampe de la vitrine éclairait une partie du trottoir et elle était sûre que c'était Paulette Lachaume qui avait rejoint l'homme, même qu'elle portait un manteau de fourrure et un chapeau beige.

L'automobiliste avait ouvert la portière. Paulette Lachaume s'était penchée pour entrer, car la voiture était très basse.

— Vous n'en connaissez pas la marque ?

Elle ne connaissait aucune marque. Elle n'avait jamais eu d'auto. Elle était veuve et...

L'inspecteur avait poussé le souci professionnel jusqu'à lui apporter des prospectus représentant des autos différentes.

— Elle ressemblait à celle-ci ! avait dit l'épicière en désignant une Panhard.

C'était tout, en dehors d'un journal de l'après-midi où Lucas avait encadré de bleu une information de quelques lignes.

CRIME D'UN CAMBRIOLEUR

La nuit dernière, un cambrioleur s'est introduit dans un immeuble du quai de la Gare, à Ivry, occupé par la famille Lachaume et, surpris par l'aîné des fils, Léonard Lachaume, a fait feu sur celui-ci.

Ce n'est que ce matin que la famille a découvert le corps et...

Les détails viendraient plus tard. Il devait y avoir maintenant une bonne douzaine de journalistes à rôder à Ivry.

Maigret, placide dans son bureau, où la fumée de pipe commençait à former une nappe bleue à hauteur de son front, remettait ces informations à l'endroit.

A six heures, ce qui confirmait ce qu'on savait déjà, Paulette Lachaume quittait la maison du quai, vêtue d'un manteau de fourrure et coiffée de beige. Elle ne prenait pas sa voiture mais se précipitait, à pied, vers le Pont National, à deux cents mètres environ, où un homme l'attendait dans une auto de sport rouge qui semblait être une Panhard.

A peu près vers la même heure, sa voiture à elle, la Pontiac bleue, stationnait devant la biscuiterie.

On n'avait aucune indication précise sur le moment où cette auto avait été employée.

On savait seulement qu'elle n'était plus là vers sept heures et que, aux environs de neuf heures, Léonard Lachaume l'avait ramenée et mise au garage dans le fond de la cour.

A quelle heure les Lachaume dînaient-ils ? Normalement, ils devaient être six à table, puisque le jeune Jean-Paul n'était pas encore interne au collège.

Paulette manquait certainement ce soir-là. Léonard aussi, presque à coup sûr.

Il n'y avait donc dans la salle à manger que les deux vieux, Armand et le gamin.

Aux alentours de dix heures, le marinier du *Twee Gebroeders* entendait un bruit de verre pilé au-dessus du mur et apercevait un visage.

A onze heures et demie, Paulette rentrait, on ignorait par quel moyen. Avait-elle pris un taxi ? La voiture rouge l'avait-elle ramenée chez elle ?

Tandis qu'elle se trouvait dans le corridor du premier étage, son beau-frère, en pyjama et en robe de chambre, entrouvrait sa porte et lui disait bonsoir.

Est-ce qu'Armand dormait déjà ? Avait-il entendu sa femme rentrer ?

Une fois en tenue de nuit, Paulette s'était dirigée vers la salle de bains commune, au fond du couloir, et avait vu de la lumière sous la porte de Léonard.

Ensuite, selon son habitude, elle aurait pris un somnifère et ne se serait réveillée que le matin, sans avoir rien entendu.

Le reste était plus hypothétique, sauf l'heure de la mort de Léonard, que le docteur Paul situait entre deux et trois heures du matin.

Quand et où avait-il bu la quantité assez considérable d'alcool qu'indiquaient l'examen de l'estomac et l'analyse du sang ?

Maigret chercha le premier rapport des techniciens. Il comportait un inventaire minutieux de ce qui se trouvait dans la chambre du mort, y compris une description des meubles, tentures et objets. On n'y faisait pas mention de bouteille ni de verre.

— Passez-moi le docteur Paul, s'il vous plaît. Il doit être chez lui à cette heure.

Il y était, rentrant d'un déjeuner en ville qui l'avait mis d'excellente humeur.

— Ici, Maigret. Je me demande si vous pourriez préciser un point. Il s'agit de l'alcool retrouvé dans le corps de Léonard Lachaume.

— Dans l'estomac, en tout cas, c'était du cognac, répondit Paul.

— Ce qui m'intéresserait serait de savoir vers quel moment cet alcool a été absorbé. En avez-vous une idée ?

— Je pourrais même l'établir à une demi-heure près selon des formules scientifiques, car l'organisme élimine l'alcool à un rythme régulier, même si ce rythme varie quelque peu selon les individus. Une partie de l'alcool trouvé dans le sang a été ingurgité dès le début de la soirée, peut-être avant, mais c'est la moins considérable. Quant au cognac qui se trouvait encore dans l'estomac au moment de la mort, il a été pris assez longtemps après le dernier repas ; je dirais, pour laisser une assez grande marge, entre onze heures du soir et une heure du matin. Enfin, si vous me demandez d'en fixer la quantité, je le ferais avec plus de réticence, mais je l'évaluerais pourtant à un bon quart de litre.

Maigret resta un moment silencieux, à digérer cette information.

— C'est tout ce que vous voulez savoir ?

— Un instant, docteur. D'après l'autopsie, diriez-vous que Léonard était un gros buveur, voire un ivrogne ?

— Ni l'un, ni l'autre. Le foie et les artères sont en parfait état. J'ai seulement découvert que l'homme a fait un peu de tuberculose dans son enfance, peut-être sans le savoir, comme cela arrive plus fréquemment qu'on ne le pense.

— Je vous remercie, docteur.

Léonard Lachaume avait quitté la maison du quai à un moment indéterminé, en tout cas après sa belle-sœur, puisque la Pontiac était encore le long du trottoir au moment où celle-ci était sortie pour rejoindre un inconnu.

Il pouvait être sorti tout de suite après elle, ou plus tard. Toujours est-il qu'il était rentré à neuf heures.

A cette heure-là, tout le monde ne devait pas être couché dans la maison. Le jeune Jean-Paul, peut-être ? Ce n'était pas sûr. Il était improbable aussi que Léonard eût regagné sa chambre sans passer par le salon.

Donc, il y avait eu contact entre lui, son frère et les deux vieux, tout au moins une réunion qui avait duré un temps indéterminé cependant que, dans la cuisine, Catherine était occupée à laver la vaisselle.

Léonard avait-il commencé à boire dès ce moment-là ? De quoi avaient-ils parlé ? Quand les parents s'étaient-ils retirés à l'étage supérieur ?

Sans le zèle et l'obstination du juge Angelot, qui l'avait empêché de questionner la famille comme il aurait aimé le faire, Maigret le saurait sans doute.

Les deux frères étaient-ils restés en tête à tête ? Que faisaient-ils, dans ces occasions-là ? Chacun lisait-il dans son coin ? Est-ce qu'ils bavardaient ?

Ce n'était pas dans sa chambre que Léonard avait bu le cognac, puisqu'on n'y avait retrouvé ni verre, ni bouteille.

Ou Armand était allé se coucher le premier, laissant l'aîné dans le salon, ou bien ce dernier y était revenu plus tard.

Léonard n'était pas un ivrogne. Paul, qui avait découpé des milliers de cadavres au cours de sa carrière, était affirmatif et Maigret avait appris à lui faire confiance.

Or, entre onze heures du soir et deux heures du matin, l'aîné des Lachaume avait bu un bon quart de litre de cognac.

Où gardait-on l'alcool, dans la maison ? Etait-ce dans un meuble du salon ou de la salle à manger ? Léonard avait-il dû descendre à la cave ?

A onze heures et demie ou minuit, il était dans sa chambre lorsque sa belle-sœur était rentrée.

Avait-il déjà bu ? Ne l'avait-il fait qu'ensuite ?

Des inspecteurs, dix au moins, continuaient à aller et venir sous la pluie, à tirer des sonnettes, à questionner des gens dont ils s'efforçaient de ranimer les souvenirs.

D'autres informations viendraient s'ajouter à celles que Maigret possédait, qui colleraient ou ne colleraient pas avec les premières.

L'envie lui vint de se lever, d'aller faire un tour dans le bureau des inspecteurs pour se changer les idées, quand la sonnerie du téléphone retentit.

— Une certaine Mme Boinet insiste pour vous parler personnellement.

Le nom ne lui disait rien.

— Demande-lui de quoi il s'agit.

Parce que son nom paraissait trop souvent dans les journaux, des inconnus avaient l'habitude de vouloir à toute force lui parler en personne, même pour des questions qui ne le concernaient en rien, un chien perdu ou un renouvellement de passeport.

— Allô ! Elle dit qu'elle est la concierge de la rue François-Ier.

— Passez-la-moi... Allô !... Bonjour, Madame... Ici, Maigret.

— Ce n'est pas facile de vous atteindre, Monsieur le Commissaire, et j'avais peur qu'on ne vous fasse pas la commission. Je voulais vous dire qu'elle vient de rentrer.

— Seule ?

— Oui, avec des provisions plein les bras, ce qui veut dire qu'elle a l'intention de dîner chez elle.

— J'arrive.

Il préféra à nouveau un taxi à une des voitures noires trop connues de la P.J. Il commençait à faire sombre. Deux embouteillages le retardèrent rue de Rivoli et il mit dix minutes à traverser la place de la Concorde où les toits mouillés des autos avaient l'air de se toucher.

Dès qu'il fut sous la voûte du 17 *bis*, la concierge entrouvrit sa porte.

— Cinquième à gauche. Je peux déjà vous dire qu'elle a rapporté, entre autres choses, des poireaux.

Il lui adressa un clin d'œil complice, évita d'entrer dans la loge, car il y avait aperçu le mari et il n'avait pas envie de perdre son temps à bavarder.

L'immeuble était cossu, l'ascenseur lent, mais silencieux. Au cinquième, sur la porte de gauche, on ne voyait aucune indication et Maigret pressa le timbre électrique, entendit des pas qui venaient d'assez loin, feutrés par une moquette.

On ouvrit sans méfiance. Ce n'était pas lui qu'on attendait. La femme qui l'accueillait fronçait les sourcils, comme si elle cherchait un visage dans sa mémoire.

— Est-ce que vous n'êtes pas... ?

— Commissaire Maigret.

— Il me semblait bien que j'avais vu votre tête quelque part. J'ai d'abord cru que c'était au cinéma, mais c'est dans les journaux. Entrez.

Maigret était surpris, car l'aspect de Véronique Lachaume ne correspondait que d'assez loin à la description de la concierge. Si Véronique Lachaume était bien en chair, voire franchement grasse, elle ne portait pas un costume masculin mais un peignoir de fine lingerie et la pièce où elle introduisait son visiteur était un boudoir plus qu'un salon.

Tout était blanc, les murs, le satin des meubles, avec seulement le bleu de quelques porcelaines et le vieux rose du tapis de haute laine, une harmonie qui n'était pas sans faire penser à un tableau de Marie Laurencin.

— Qu'est-ce qui vous étonne ? demandait-elle en lui désignant une bergère.

Il n'osait pas s'y asseoir, à cause de son pardessus mouillé.

— Retirez votre manteau et donnez-le moi.

Elle alla l'accrocher dans l'entrée. Sur un point au moins, la concierge ne s'était pas trompée : une bonne odeur de poireaux venait déjà de la cuisine.

— Je ne m'attendais pas à ce que la police soit ici si vite, remarqua-t-elle en s'asseyant en face de Maigret.

Son embonpoint, au lieu de l'enlaidir, la rendait appétissante et fort sympathique, et

Maigret soupçonna que beaucoup devaient la trouver désirable. Elle ne minaudait pas, ne se donnait pas la peine de tirer son peignoir sur ses jambes largement découvertes.

Ses pieds, aux ongles laqués, jouaient avec des mules blanches ornées de cygne.

— Vous pouvez fumer votre pipe, Monsieur le Commissaire.

Elle prenait une cigarette dans un étui, se levait pour chercher des allumettes, reprenait place.

— Ce qui me surprend un peu, c'est que la famille vous ait parlé de moi. Il faut que vous les ayez bombardés de questions pour qu'ils s'y soient résignés car, pour eux, je suis la brebis galeuse et je suppose que mon nom est tabou dans la maison.

— Vous êtes au courant de ce qui s'est passé la nuit dernière ?

Elle lui désigna un journal ouvert qui traînait sur un siège.

— Je ne sais que ce que je viens de lire.

— C'est en rentrant ici que vous avez parcouru le journal ?

Elle n'hésita qu'un bref instant.

— Non. Chez mon ami.

Elle ajouta avec bonne humeur :

— Vous savez, j'ai trente-quatre ans et je suis une grande fille.

On aurait dit que sa forte poitrine, à peine voilée par la lingerie blanche, était animée d'une vie personnelle et frémissait au gré de son humeur. Maigret aurait parlé volontiers d'une poitrine gaie et bon enfant plutôt que voluptueuse.

Les yeux étaient proéminents, d'un bleu soutenu, pleins de malice et de naïveté tout ensemble.

— Vous n'êtes pas trop surpris que je ne me sois pas précipitée quai de la Gare ? Je vous avoue que je n'irai sans doute pas à l'enterrement. Je n'ai pas été invitée au mariage de mes frères, ni aux obsèques de ma première belle-sœur. Je n'ai pas été avertie de la naissance de mon neveu. C'est la rupture complète, comme vous voyez !

— Ne l'avez-vous pas voulu ainsi ?

— C'est moi qui suis partie, oui.

— Pour une raison précise ? Si je ne me trompe, vous aviez dix-huit ans.

— Et la famille voulait me faire épouser un marchand de métaux non ferreux. Remarquez que, même sans ça, je serais partie, peut-être un peu plus tard. Vous êtes allé là-bas ?

Il fit oui de la tête.

— Je ne pense pas que cela se soit amélioré ? C'est toujours aussi sinistre ? Ce qui m'étonne le plus, c'est que le cambrioleur n'ait pas pris peur. Ou bien il était ivre, ou bien il n'avait pas vu la maison en plein jour.

— Vous croyez au cambrioleur ?

— Le journal... commença-t-elle.

Son front se plissa.

— Ce n'est pas la vérité ?

— Je n'en suis pas sûr. Votre famille n'est pas loquace.

— J'ai connu des soirées, quand j'étais jeune, où dix phrases n'étaient pas prononcées. Comment est ma belle-sœur ?

— Assez jolie, autant que j'aie pu en juger.

— C'est vrai qu'elle est très riche ?

— Très.

— Vous comprenez, vous ?

— J'espère que je finirai par tout comprendre.

— J'ai lu ce que les journaux disaient d'elle au moment du mariage. J'ai vu des photos. J'ai plaint la pauvre fille, puis je me suis mise à réfléchir.

— A quelle conclusion avez-vous abouti ?

— Si elle avait été laide, cela aurait été plus facile. C'est son père, en définitive, qui m'a peut-être donné la clef. Il a eu des ennuis, n'est-ce pas ? Il est parti de très bas. On a raconté qu'à ses débuts il conduisait sa carriole de ferme en ferme et qu'il ne savait ni lire ni écrire. J'ignore si sa fille a été élevée au couvent. Que ce soit au couvent ou dans n'importe quelle école, les filles ont dû lui mener la vie dure.

« Pour certains, surtout à Ivry, Lachaume est encore un nom qui sonne bien. La maison du quai reste une sorte de forteresse. Vous voyez ce que je veux dire ?

» Ces Zuber, le père et la fille, accédaient d'un seul coup à la grande bourgeoisie... »

Maigret y avait pensé.

— Je soupçonne qu'elle le paie cher, continua-t-elle. Vous ne voulez pas prendre un verre ?

— Merci. Vous n'avez revu, ces derniers temps, aucun membre de votre famille ?

— Aucun.

— Vous n'êtes pas retournée là-bas ?

— Je ferais plutôt un détour pour ne pas

passer devant une maison qui me laisse de trop mauvais souvenirs. Pourtant, mon père est probablement un brave homme. Il n'en peut rien s'il est né Lachaume et si on l'a fait comme il est.

— Et Léonard ?

— Léonard est beaucoup plus Lachaume que lui. C'est Léonard qui voulait à toute force me faire épouser le marchand de métaux, un type affreux, et il me parlait de ce mariage du ton d'un roi expliquant à ses enfants leur devoir d'assurer la continuation dynastique.

— Vous avez connu votre première belle-sœur ?

— Non. De mon temps, mon frère, malgré ses efforts, n'avait pas encore trouvé le beau parti. J'étais la première à qui on demanderait le sacrifice. Quant à Armand, c'était l'époque où il était malade. Il n'a jamais été bien portant. Cependant, tout jeune déjà, c'était une mauvaise copie de Léonard. Il s'imposait d'en imiter les gestes, les attitudes, la voix. Je me moquais de lui. Au fond, c'est un pauvre type.

— Vous n'avez aucune idée de ce qui a pu se passer la nuit dernière ?

— Aucune. N'oubliez pas que j'en sais moins que vous. Ce n'est vraiment pas un cambrioleur ?

— J'en doute de plus en plus.

— Vous voulez dire que le crime aurait été commis par quelqu'un de la maison ?

Elle réfléchit et sa conclusion fut pour le moins inattendue :

— C'est marrant !

— Pourquoi ?

— Je ne sais pas. Il faut un certain courage pour tuer et je ne vois pas qui, dans la famille...

— Où étiez-vous la nuit dernière ?

Elle ne s'offusqua pas.

— Je m'étonne, maintenant, que vous ne m'ayez pas posé la question plus tôt. Je me trouvais derrière le bar de l'*Amazone*. Je présume que vous êtes au courant ? C'est sans doute pourquoi vous avez paru surpris de me trouver dans une tenue qu'un magazine qualifierait de vaporeuse. L'*Amazone*, c'est le travail. Smoking de velours noir et monocle. Ici, c'est moi. Vous y êtes ?

— Oui

— J'ai tendance, chez moi, à exagérer en sens contraire, comme pour me venger d'être obligée, une partie du temps, de jouer les femmes énergiques.

— Vous avez même un amant.

— J'en ai eu beaucoup. Je vais vous confier un détail qui a provoqué, jadis, une certaine effervescence dans ma famille et qui a précipité ma décision : à seize ans, j'étais la maîtresse de mon professeur de dessin. Je n'avais pas le choix, car c'était le seul mâle à enseigner dans notre école.

— Il n'est jamais arrivé à un de vos frères où à votre belle-sœur de mettre les pieds à l'*Amazone* ?

— D'abord, ils ne doivent pas savoir que j'y travaille, car je ne leur ai jamais donné mon adresse et je ne suis connue que dans un milieu restreint et assez spécial. Ensuite, je doute qu'ils aient envie de contempler une Lachaume derrière le bar d'un cabaret de nuit. Pourtant...

Elle hésitait, pas sûre d'elle.

— Je ne connais pas personnellement ma belle-sœur Paulette. Et il y a des années que sa photo a paru dans les journaux, à l'occasion de son mariage. Un soir, j'ai eu l'impression de la reconnaître à une des tables, mais ce n'est qu'une impression, c'est pourquoi j'ai hésité à en parler. Ce qui m'a frappé, c'est la façon dont cette femme me regardait avec insistance, avec une curiosité difficile à expliquer. Il y avait aussi le fait qu'elle était seule.

— Quand cela se passait-il ?

— Voilà un mois et demi, peut-être deux mois ?

— Vous ne l'avez pas revue ?

— Non. Vous permettez que j'aille jeter un coup d'œil à ma soupe ?

Elle resta un bon moment dans la cuisine où il entendit des bruits de casseroles, d'assiettes, de fourchettes.

— J'en ai profité pour mettre le rôti au four. Il ne faut pas le dire à la propriétaire de l'*Amazone*, ni aux clientes, car on ne me prendrait plus au sérieux et je risquerais de perdre ma place : j'adore cuisiner.

— Pour vous seule ?

— Pour moi seule et parfois pour deux.

— Ce soir, c'est pour deux ?

— Comment le savez-vous ?

— Vous venez de parler d'un rôti.

— C'est vrai. Mon ami doit venir tout à l'heure.

— Ne s'agit-il pas, cette fois, d'une vraie liaison ?

— Qui vous en a parlé ? Une copine de l'*Amazone* ? Peu importe, puisque je ne le cache pas. Eh ! bien, monsieur le commissaire, figurez-vous qu'à trente-quatre ans je suis amoureuse et que je me demande si je ne vais pas tout lâcher pour me marier. J'aime faire le ménage, aller au marché, chez le boucher, chez la crémière. J'aime traîner dans mon appartement et préparer des petits plats. Tout cela est infiniment plus agréable encore quand on attend quelqu'un et qu'on met la table pour deux. Alors...

— Qui est-ce ?

— Un homme, évidemment. Pas jeune. Quarante-quatre ans. Juste ce qu'il faut de différence d'âge. Pas particulièrement beau non plus, mais pas désagréable. De son côté, il en a assez des meublés et des restaurants. Il est publiciste. Comme il s'occupe surtout de publicité de cinéma, cela l'oblige à être tous les jours au *Fouquet's*, au *Maxim's*, à l'*Elysée-Club*.

» Il a eu autant de starlettes qu'il en a voulu, mais il se fait qu'elles aussi vivent le plus souvent en meublé et mangent au restaurant.

» Alors, il a commencé à penser qu'une femme comme moi... »

Malgré l'ironie à fleur de peau, on la sentait amoureuse, peut-être passionnée.

— Je reviens de chez lui et, tout à l'heure, nous dînerons en tête à tête. Il est temps que je dresse la table. Si vous avez encore des questions à me poser, suivez-moi. Je peux travailler en vous écoutant et en vous répondant.

— Je vous demande seulement son nom et son adresse.

— Vous avez besoin de lui ?

— C'est improbable.

— Jacques Sainval, 23, rue de Ponthieu. Jacques Sainval n'est pas son vrai nom. Il s'appelle en réalité Arthur Baquet, ce qui ne sonne pas bien pour un publiciste. Alors, il a pris un pseudonyme.

— Je vous remercie.

— De quoi ?

— Vous m'avez gentiment reçu.

— Pourquoi pas ? Vous n'avez même pas accepté un verre ! Il est vrai qu'il n'y a pas grand-chose à boire dans l'appartement. C'est bien assez que, toute la nuit, je sois forcée de boire du champagne. Le plus souvent, je me contente d'y tremper les lèvres et de vider le reste dans la plonge.

Celle-ci s'amusait encore de la vie.

— Excusez-moi si je n'ai pas pleuré. Peut-être aurais-je dû, mais je n'y arrive pas. J'ai hâte de savoir qui a tué Léonard.

— Moi aussi.

— Vous me le direz ?

— Promis.

On aurait dit qu'ils étaient devenus complices, tous les deux, car Maigret finissait par avoir un sourire presque aussi léger que celui de la grosse fille en peignoir froufroutant.

Il resta seule sur le palier en attendant l'ascenseur et, quand celui-ci s'arrêta, il y avait quelqu'un dedans, un homme aux cheveux bruns qui commençaient à se dégarnir aux tempes.

Il portait un imperméable clair, tenait à la main un chapeau marron.

— Pardon... murmura-t-il en passant devant le commissaire.

Puis il se retourna pour mieux le regarder, comme si son visage lui était familier, à lui aussi.

L'ascenseur descendit. La concierge était à l'affût derrière sa porte vitrée.

— Vous l'avez vu ? Il vient juste de monter. Oui.

— Qu'est-ce que vous pensez d'elle ?

— Elle est charmante.

Il remerciait, souriait. Il pouvait encore avoir besoin d'elle et il ne fallait pas la décevoir. Il serra aussi la main du mari-chauffeur-de-taxi qui l'avait plusieurs fois conduit.

Quand il atteignit enfin le trottoir, il aperçut une Panhard rouge décapotable devant la porte.

CHAPITRE VI

MAIGRET FUT UN CERtain temps avant de pouvoir se faufiler entre les voitures, car c'était l'heure de la sortie des bureaux. Une fois sur le trottoir d'en face, il leva la tête vers l'appartement qu'il venait de quitter. Le balcon de fer courait tout le long de la maison, séparé en deux, au milieu, par un grillage. La nuit était tout à fait tombée et il y avait de la lumière derrière une bonne moitié des rideaux.

La porte-fenêtre était entrouverte, au cinquième, et un homme qui se penchait pour regarder dans la rue, la cigarette aux lèvres, se retira vivement en arrière à la vue du commissaire.

C'était celui qui venait de monter et qui avait froncé les sourcils en croisant Maigret à la porte de l'ascenseur, le soi-disant Jacques Sainval qui s'occupait de publicité de cinéma.

Il était rentré dans l'appartement. La porte-fenêtre se refermait. Qu'était-il en train de dire à Véronique Lachaume occupée à mettre le couvert ?

Il y avait un bar, en face de l'immeuble, pas un bistrot, mais un de ces bars américains aux hauts tabourets et à l'éclairage discret comme ou en trouve de plus en plus aux environs des Champs-Elysées.

Maigret entra, trouva, malgré l'affluence, un tabouret contre le mur. Il faisait chaud. Il y avait beaucoup de bruit, de rires féminins, de fumée de cigarette. Une jolie fille en noir et en tablier blanc attendait en souriant son manteau et son chapeau.

Quand le barman se tourna vers lui, avec l'air, lui aussi, de chercher où il l'avait déjà vu, Maigret commanda, après une courte hésitation :

— Un grog !

Puis il demanda :

— Le téléphone ?

— En bas.

— Vous avez un jeton ?

— Voyez la standardiste.

Ce n'était pas le genre d'endroit qu'il fréquentait volontiers et il s'y sentait toujours un peu dépaysé car ces bars-là n'existaient pas de son temps. Les boiseries des murs étaient garnies de scènes de chasse à courre, avec des cavaliers en jaquette rouge, et un vrai cor de chasse était suspendu juste au-dessus du bar.

Tandis qu'il se dirigeait vers l'escalier, au fond de la salle, il sentit qu'on le regardait. Le barman l'avait enfin reconnu. D'autres aussi, probablement. La plupart des femmes étaient jeunes. Les hommes, encore que moins jeunes, n'appartenaient pas à la génération du commissaire.

Lui aussi avait repéré certains visages familiers et il se souvint qu'il y avait dans la rue, un peu plus loin, des studios de télévision.

Il descendit l'escalier de chêne, trouva, près du vestiaire, une autre jolie femme devant un standard téléphonique.

— Un jeton, s'il vous plaît.

Il y avait trois cabines vitrées, mais les appareils n'étaient pas automatiques.

— Quel numéro désirez-vous ?

Il lui fallait bien donner celui de la P.J. et la jeune femme le reconnut à son tour, regarda Maigret avec plus d'attention.

— Cabine 2.

— La Police Judiciaire écoute.

— Ici. Maigret. Passez-moi Lucas, voulez-vous ?

— Un instant, Monsieur le Commissaire...

Il dut attendre, Lucas était en communication. Il entendit enfin sa voix.

— Je m'excuse, patron. C'était justement le juge d'instruction. Il téléphone pour la troisième fois depuis votre départ et s'étonne que vous le laissiez sans nouvelles.

— Continue.

— Il m'a posé des quantités de questions...

— Lesquelles ?

— Il m'a demandé d'abord si vous étiez retourné quai de la Gare... J'ai répondu que je ne le croyais pas. Il a voulu savoir si vous aviez entendu d'autres témoins. Enfin, il y a quelques minutes, il m'a laissé un message pour vous... Il est obligé de rentrer chez lui pour s'habiller car il dîne en ville... Il sera toute la soirée à Balzac 23-74...

C'était dans le quartier des Champs-Elysées où Maigret se trouvait à présent.

— Il tient, insista-t-il, à ce que les interrogatoires, si vous en prévoyez, aient lieu dans son cabinet...

On sentait Lucas gêné.

— C'est tout ?

— Non. Il m'a demandé où étaient les inspecteurs, ce qu'ils faisaient, ce qu'ils avaient découvert...

— Tu le lui as dit ?

— Non. J'ai prétendu que je ne savais rien. Il n'était pas content.

— Il y a des nouvelles ?

Par la vitre, il voyait la préposée au téléphone qui le regardait en se mettant du rouge à lèvres et une cliente qui fixait ses jarretelles devant un miroir.

— Non. Lapointe vient de prendre son service. Il s'impatiente. Il voudrait bien faire quelque chose.

— Passe-le-moi.

Cela tombait à pic.

— Lapointe ? Tu vas prendre une des voitures et te rendre à Ivry. Juste en face du Pont National, tu verras, au coin d'une rue, une épicerie mal éclairée. J'ai oublié le nom de la femme. Quelque chose comme Chaudais, Chaudon ou Chaudois... Elle porte un chignon et a un œil un peu croche. Sois très gentil avec elle, très poli.

» Dis-lui que nous avons besoin d'elle un moment. Elle voudra se mettre en grande tenue. Essaie que cela ne dure pas trop longtemps. Tu l'amèneras rue François-Ier, en face du 17 *bis*. Tu trouveras sans doute une auto rouge au bord du trottoir. Range-toi à proximité. Restez tous les deux dans la voiture jusqu'à ce que je vous fasse signe... »

— Bien, patron.

Il sortit de la cabine, paya sa communication.

— Merci, Monsieur Maigret.

Il y avait longtemps que cela ne lui faisait plus plaisir. En haut, les consommateurs étaient plus nombreux que tout à l'heure et une jeune rousse dut se reculer pour lui permettre de prendre place sur son tabouret. Il sentait sa hanche chaude contre lui et elle était très parfumée.

A une table, un homme de son âge, aux tempes grises, au crâne un peu dégarni, tenait son bras autour de la taille d'une fille potelée qui avait à peine vingt ans et Maigret, pour la première fois, en fut choqué. Peut-être à cause du juge d'instruction à peine sorti des écoles, il avait soudain l'impression d'être un vieux, quelqu'un qui appartenait au passé.

Toutes ces filles qui fumaient, qui buvaient du whisky et des cocktails, n'étaient plus pour ceux de sa génération. Quelques-unes, en parlant à voix haute, tournaient la tête avec plus ou moins de discrétion pour le regarder curieusement.

Il n'avait qu'à se pencher pour apercevoir les fenêtres éclairées du cinquième, là-haut, derrière lesquelles passait parfois une ombre.

Il avait pesé le pour et le contre. Sa première

idée avait été d'attendre Jacques Sainval à la sortie. La grosse et aimable Véronique Lachaume était amoureuse, cela ne faisait aucun doute. N'allait-il pas lui causer du chagrin ? Ne risquait-il pas de brouiller les amoureux ?

Ce n'était pas la première fois que des scrupules de ce genre l'arrêtaient. Si son intuition était exacte, pourtant, ne valait-il pas mieux qu'elle soit au courant ?

Il buvait son verre lentement, essayant de suivre en pensée ce qui se passait dans l'appartement. Le dîner était servi. Le couple se mettait à table. Il leur donnait le temps de manger et par la même occasion, à Lapointe et à l'épicière, le temps de se mettre en route.

— Un autre, commanda-t-il.

Tout change. Comme pour les enfants qui grandissent, on ne s'en rend pas compte au moment où la transformation se produit mais quand elle est déjà accomplie.

Son ennemi intime, comme il l'appelait volontiers, le juge Coméliau, était à la retraite et n'était plus qu'un vieux monsieur qui promenait son chien, le matin, au bras d'une dame aux cheveux teints en mauve.

Maigret avait commencé par voir, autour de lui, puis sous ses ordres, des inspecteurs qui n'avaient jamais fait la voie publique, ni les gares, mais qui sortaient des écoles. Aujourd'hui, certains de ses collègues, égaux en grade et en traitement, avaient à peine quarante ans. Il est vrai qu'ils étaient licenciés en droit, avec, souvent, deux ou trois autres diplômes universitaires. Ceux-là sortaient rarement de leur bureau, se contentant d'envoyer leurs subordonnés sur place et d'interpréter les résultats ainsi obtenus.

Au cours de sa carrière, on avait rogné peu à peu sur les prérogatives de la police et voilà que la relève des juges d'instruction se produisait. Une équipe de jeunes sportifs prenait la place des Coméliau et prétendait, comme Angelot, diriger l'enquête de bout en bout.

— Je vous dois ?

— Six cents.

Les prix aussi étaient différents. Il soupira, chercha son manteau des yeux, dut attendre, près de la porte, la jeune fille du vestiaire.

— Merci, Monsieur Maigret.

Le juge d'instruction se serait-il montré aussi soucieux de régularité s'il s'était agi du Chanoine, par exemple, de n'importe quel voleur professionnel ou d'un manœuvre du quai de Javel ?

Même réduits à cette misère quasi répugnante dont on avait eu le spectacle quai de la Gare, les Lachaume restaient des patriciens, une famille de grands bourgeois dont, pendant plus d'un siècle, on avait prononcé le nom avec respect.

Les jeunes continueraient-ils à en tenir compte ?

Ce n'étaient pas des questions qu'il se posait, mais il ne pouvait empêcher sa pensée de tourner autour de quelques points qui le tracassaient. Il y a des jours où on est plus sensible que d'autres à certains aspects du monde. La veille, cétait la Fête des Morts.

Il haussa les épaules et traversa la rue. A travers les rideaux de tulle, il vit la concierge et son mari assis devant une table ronde, fit un vague signe en passant, sans être sûr d'avoir été aperçu.

L'ascenseur le déposa au cinquième et il pressa le bouton de la sonnerie, entendit des voix, puis des pas. C'était la grosse Véronique qui lui ouvrait la porte, plus rose que tout à l'heure, parce qu'elle venait de manger sa soupe chaude, il n'allait pas tarder à s'en rendre compte.

Elle était surprise de le revoir, mais ne paraissait pas inquiète.

— Vous avez oublié quelque chose ? Vous aviez un parapluie ?

Elle regardait machinalement le portemanteau dans le corridor.

— Non. Je désire seulement dire quelques mots à votre ami.

— Ah !

Elle refermait la porte.

— Entrez ! Par ici...

Elle ne le conduisait pas au salon, mais dans la cuisine. La pièce était blanche aussi, avec des appareils électriques chromés comme on en voit dans les expositions d'arts ménagers. Une sorte de balustrade la séparait en deux et, d'un côté, on avait aménagé une salle à manger en miniature. La soupière, fumante, était encore sur la table. Jacques Sainval avait sa cuiller à la main.

— C'est le commissaire Maigret, qui voudrait te parler...

L'homme se levait, évidemment mal à l'aise, hésitait à tendre la main, s'y décidait enfin.

— Enchanté.

— Asseyez-vous. Continuez de dîner...

— J'allais desservir la soupe.

— Ne vous occupez pas de moi.

— Vous faites mieux de vous débarrasser. Il fait très chaud.

Elle porta son pardessus dans l'entrée. Maigret prenait place, une pipe éteinte à la main, avec le sentiment que le juge Angelot l'aurait sévèrement désapprouvé.

— Je désire seulement vous poser une question ou deux, M. Sainval. J'ai aperçu votre voiture en bas. C'est bien la Panhard rouge, n'est-ce pas ?

— Oui.

— Cette voiture ne stationnait-elle pas hier au soir, vers six heures, en face du Pont National ?

Sainval s'attendait-il à la question ? Il ne broncha pas, parut chercher dans sa mémoire.

— Le Pont National ? répéta-t-il.

— C'est le dernier pont avant Ivry, un pont de chemin de fer...

Véronique, qui était revenue, les observait tous les deux avec surprise.

— Je ne vois pas... Non... Attendez... Hier après-midi...

— Vers six heures.

— Non... Certainement pas...

— Vous n'avez prêté votre voiture à personne ?

Ce n'était pas sans raison que le commissaire lui tendait la perche.

— Je ne l'ai pas prêtée à proprement parler, mais il est possible qu'un de mes collègues s'en soit servi...

— Vous avez l'habitude de la laisser en face de votre bureau ?

— Oui.

— Avec la clef de contact ?

— C'est un risque à prendre, n'est-ce pas ? Il est rare qu'on vole des autos aussi voyantes et par conséquent faciles à repérer.

— Vos collègues et vous allez au bureau le dimanche ?

— Cela nous arrive souvent...

— Tu es sûr que tu ne mens pas, Jacquot ?

C'était Véronique qui l'interpellait tout en mettant le rôti à table.

— Pourquoi mentirais-je ? Tu sais bien que c'est le bureau qui paie le garage et l'essence. Si quelqu'un a une course urgente à faire et n'a pas de voiture sous la main...

— Bien entendu, vous ne connaissez pas Paulette ?

— Paulette qui ?

Véronique Lachaume ne riait plus. Elle était même devenue extrêmement sérieuse.

— Ma belle-sœur, précisa-t-elle.

— Ah ! oui... Je me souviens vaguement que tu m'en as parlé...

— Vous la connaissez ?

— De nom.

— Et vous savez qu'elle habite Quai de la Gare ?

— Vous me le rappelez... Son adresse m'avait échappé...

Maigret avait vu un appareil téléphonique dans la loge de la concierge. Il y en avait un dans le salon de Véronique aussi.

— Vous permettez que je donne un coup de fil ?

— Vous savez où c'est ?

Il y alla seul, appela la loge.

— Ici, Maigret. Je suis au cinquième... Oui... Voulez-vous aller voir dans la rue si une petite voiture noire est arrivée ?... Il devrait y avoir à bord un homme assez jeune et une femme d'un certain âge... Dites-leur, de ma part, de bien vouloir monter...

Il n'avait pas baissé la voix. De la cuisine, le couple avait entendu. Ce n'était pas du travail agréable et il s'efforçait de le faire aussi proprement que possible.

— Je m'excuse, mais je suis obligé de procéder à une vérification...

Il lui sembla que les gros yeux de Véronique, si gais tout à l'heure, étaient humides. Sa poitrine ne se soulevait plus au même rythme. Elle s'obligeait à manger, mais elle n'avait plus d'appétit.

— Tu jures que tu ne caches rien, Jacquot ?

Même ce « Jacquot » devenait gênant.

— Je t'assure, Nique...

C'était la première fois, Véronique l'avait avoué, qu'elle avait une liaison régulière et, malgré son cynisme apparent, elle devait tenir à cet amour-là. Le sentait-elle déjà menacé ? Avait-elle toujours eu certains doutes sur la sincérité du publiciste ? S'était-elle aveuglée exprès, parce qu'à trente-quatre ans elle était lasse de jouer les femmes en smoking et brûlait d'envie de se marier comme tout le monde ?

Il guettait la sonnerie. Quand elle se fit entendre, il se précipita dans le couloir et alla ouvrir.

Comme il s'y attendait, l'épicière avait revêtu sa robe du dimanche, un manteau noir à col de martre et elle portait un chapeau compliqué. Lapointe se contenta d'adresser un clin d'œil à son patron en disant :

— J'ai fait aussi vite que possible.

— Entrez, Madame. C'est vous, n'est-ce pas, qui, hier au soir, avez vu une auto rouge stationner en face de votre magasin ?

Il avait soin de ne pas dire boutique.

— Oui, Monsieur.

— Suivez-moi...

Elle s'arrêta à la porte de la cuisine, sans rien dire, se tourna vers le commissaire en questionnant :

— Qu'est-ce que je dois faire ?

— Vous reconnaissez quelqu'un ?

— Bien sûr.

— Qui ?

— Ce monsieur qui mange.

Maigret alla décrocher au portemanteau l'imperméable et le chapeau de Sainval.

— Je les reconnais aussi. D'ailleurs, dans la rue, déjà, j'ai reconnu l'auto. Il y a une bosse sur l'aile droite.

Sans pleurer, les dents serrées, Véronique Lachaume se levait et allait déposer son assiette dans l'évier. Son ami cessait de manger, lui aussi, hésitait à rester assis, se levait en murmurant :

— C'est entendu !

— Qu'est-ce qui est entendu ?

— J'y étais.

— Merci, Madame. Tu peux la reconduire, Lapointe. Fais-lui à tout hasard signer une déposition.

Quand ils ne furent plus que trois, Véronique fit d'une voix un peu rauque :

— Cela ne vous ferait rien, tous les deux, d'aller discuter de vos petites affaires ailleurs que dans ma cuisine ?... Dans le salon, si vous voulez...

Maigret comprenait qu'elle avait envie d'être seule, peut-être pour pleurer. Il lui avait gâché sa soirée et sans doute davantage. Le petit dîner en tête à tête avait mal tourné.

— Venez...

Il évita de refermer la porte, jugeant que la fille Lachaume avait le droit d'entendre.

— Asseyez-vous, Monsieur Sainval.

— Vous permettez que je fume ?

— Je vous en prie.

— Vous vous rendez compte de ce que vous venez de faire ?

— Et vous ?

L'amant de Véronique avait l'air d'un écolier qui, surpris à préparer un mauvais coup, prend une mine boudeuse et sournoise.

— Je peux vous affirmer tout de suite que vous vous trompez.

Maigret s'asseyait en face de lui, bourrait sa pipe. Il se taisait, évitant de rendre la partie plus facile à son interlocuteur. Il se rendait compte que c'était un peu injuste. Le juge Angelot n'était pas ici. Et Sainval, lui, n'exigeait pas la présence de son avocat.

Il devait passer pour beau garçon aux yeux de certaines femmes mais, de près, surtout en ce moment, il était défraîchi. Sans l'assurance qu'il affichait d'habitude, on le sentait mou, hésitant.

Il aurait été plus à son aise et à sa place au bar américain d'en face.

— J'ai lu le journal, comme tout le monde, et je devine ce que vous pensez.

— Je ne pense encore rien.

— Alors, pourquoi avez-vous fait monter cette femme que je ne connais pas ?

— Pour vous obliger à admettre que vous étiez hier quai de la Gare.

— Qu'est-ce que ça prouve ?

— Rien, sinon que vous connaissez Paulette Lachaume.

— Et après ?

Il regagnait de l'assurance ; plus exactement, il s'efforçait de crâner.

— Je connais des centaines de femmes et je n'ai jamais entendu dire que ce soit un délit.

— Je ne vous accuse d'aucun délit, Monsieur Sainval.

— Pourtant, vous venez ici, chez mon amie, sachant bien que... que...

— Que je vous mets dans une situation embarrassante. Car je présume que vous ne lui avez jamais parlé de vos relations avec Paulette Lachaume ?

L'autre se tut, tête basse. On entendait des bruits d'assiettes, de couverts. En apparence, Véronique n'écoutait pas.

— Depuis quand la connaissez-vous ?

Sainval cherchait une réponse, se demandant encore s'il devait mentir ou non. Alors, ce fut

Véronique qui intervint, prouvant ainsi qu'elle avait suivi la conversation.

— C'est ma faute, Monsieur Maigret. Maintenant, je sais. Je n'ai été qu'une grosse dinde et j'aurais dû m'attendre à ce qui m'arrive...

Elle avait pleuré, dans la cuisine, pas beaucoup, assez pourtant pour avoir les yeux rouges. Elle tenait un mouchoir à la main et ses narines restaient humides.

— Je vous ai fourni tout à l'heure, lorsque vous êtes venu pour la première fois, la réponse à votre question, sans le savoir. Vous vous souvenez qu'il y a un mois et demi ou deux mois j'ai cru reconnaître ma belle-sœur dans la salle. Jacques est venu me chercher ce soir-là, ainsi qu'il le fait souvent. Je ne sais pas pourquoi je lui en ai parlé, car je ne lui avais jamais rien raconté sur ma famille.

» Je ne me souviens plus exactement de la façon dont cela est venu. Il me semble que j'ai dit :

» — Mon frère serait drôlement surpris s'il savait quels endroits sa femme fréquente !...

» Quelque chose dans ce genre... Jacques m'a demandé ce que faisait mon frère et j'ai trouvé rigolo de répondre :

» — Des gaufrettes !

» Nous étions très gais. Nous marchions bras dessus, bras dessous dans la nuit.

» — Il est pâtissier ?

» — Pas exactement. Tu n'as jamais entendu parler des gaufrettes Lachaume ?

» Et, comme cela ne lui disait rien, j'ai ajouté :

» — Sa femme vaut au moins deux cents millions, peut-être plus.

» Vous comprenez, à présent ? »

Si Maigret comprenait, il avait besoin d'en connaître davantage.

— Il vous a questionnée sur votre belle-sœur ?

— Pas tout de suite. C'est venu après, une question par-ci par-là, comme sans y attacher d'importance...

— Vous aviez déjà envisagé de vous marier tous les deux ?

— Depuis quelques semaines, plus ou moins sérieusement.

— Il a continué à en être question ?

— Je tenais pour acquis que c'était décidé une fois pour toutes.

Sainval murmura, en essayant d'y mettre de la conviction :

— Je n'ai jamais changé d'avis.

— Alors, pourquoi t'es-tu arrangé pour faire la connaissance de ma belle-sœur ?

— Par curiosité... Sans but précis... Et, d'abord, elle est mariée... Donc...

— Donc quoi ?

— Je n'avais aucun intérêt à...

— Vous permettez ? interrompit Maigret. Je voudrais poser, de mon côté, quelques questions plus précises. Dites-moi, Monsieur Sainval, où et quand avez-vous rencontré Paulette Lachaume ?

— Vous désirez la date exacte ?

— Je ne suis pas à un jour près.

— C'était un jeudi, il y a environ quatre semaines, dans un salon de thé de la rue Royale...

— Tu fréquentes les salons de thé, à présent ? s'esclaffa Véronique.

Elle n'avait plus d'illusions. Elle ne se raccrochait pas. Elle savait que c'était fini et n'en voulait pas à son compagnon. C'était à elle seule qu'elle s'en prenait.

— Je ne pense pas, insistait Maigret, que vous vous trouviez là par hasard. Vous l'avez suivie. Probablement depuis son domicile. Depuis combien de jours la guettiez-vous ?

— C'était le deuxième jour.

— Autrement dit, dans le but de faire sa connaissance, vous vous teniez en faction, l'après-midi, avec votre voiture, sur le quai de la Gare.

Il ne nia pas.

— Paulette est sortie, probablement avec sa Pontiac bleue, et vous l'avez suivie.

— Elle a laissé l'auto place Vendôme et elle a fait des courses dans la rue Saint-Honoré.

— Au salon de thé, vous lui avez adressé la parole ?

— Oui.

— Elle a paru surprise ?

— Très.

— Vous en avez déduit qu'elle n'avait pas l'habitude qu'on lui fasse la cour ?

Tout cela se tenait.

— Quand l'avez-vous conduite chez vous ?

— Pas chez moi, protesta-t-il.

— Dans un meublé ?

— Non. Un ami m'a prêté son appartement.

Véronique intervenait à nouveau, ironique.

— Vous comprenez, Monsieur Maigret ? Pour moi, la rue de Ponthieu était bien assez bonne. Mais, pour une femme possédant quelques centaines de millions, il fallait un endroit plus prestigieux. Où était-ce, Jacques ?

— Chez un Anglais que tu ne connais pas, dans l'île Saint-Louis.

— Elle vous y a rejoint souvent ?

— Assez souvent.

— Tous les jours ?

— Seulement à la fin.

— Dans l'après-midi ?

— Parfois aussi le soir.

— Hier ?

— Oui.

— Que s'est-il passé hier au soir ?

— Rien de particulier.

— De quoi a-t-il été question entre vous ?

Véronique, encore :

— Vous croyez qu'ils ont beaucoup parlé ?

— Répondez, Sainval.

— Vous l'avez interrogée ?

— Pas encore.

— Vous allez le faire ?

— Demain matin, dans le cabinet du juge d'instruction.

— Je n'ai pas tué son beau-frère. Je n'avais d'ailleurs aucune raison de le tuer.

Il se tut un moment, l'air plus préoccupé, ajouta à voix basse :

— Elle non plus.

— Vous avez déjà vu Léonard Lachaume ?

— Une fois que j'attendais sur le quai, je l'ai vu sortir de la maison.

— Il vous a vu aussi ?

— Non.

— Où avez-vous dîné, hier, avec Paulette ?

— Dans un restaurant du Palais-Royal. Vous

pouvez contrôler. Nous avions une table à l'entresol.

— Je connais ! coupa Véronique. Cela s'appelle *Chez Marcel*. Il m'y a emmenée aussi, à l'entresol aussi, sans doute à la même table, dans le coin gauche. C'est juste, Jacques ?

Il ne répondit pas.

— En quittant le quai de la Gare, vous n'avez pas remarqué que vous étiez suivi par une autre voiture ?

— Non. Il pleuvait. Je n'ai même pas regardé dans le rétroviseur.

— Vous êtes allé ensuite dans l'appartement de l'île Saint-Louis ?

— Oui.

— Vous avez reconduit Paulette chez elle ?

— Non. Elle a insisté pour prendre un taxi.

— Pourquoi ?

— Parce que, la nuit, on remarque davantage une auto rouge sur le quai désert.

— Elle avait très peur d'être vue avec vous ?

On sentait que Sainval ne savait pas où Maigret voulait en venir, plus exactement qu'il se demandait quel piège cachaient ses questions.

— Je suppose. C'est assez naturel.

— Je pense, cependant, que ses rapports avec son mari étaient plutôt froids ?

— Depuis des années, ils n'avaient plus de rapports intimes et ils faisaient chambre à part. Armand est mal portant.

— Vous l'appeliez déjà Armand ?

— Il fallait bien le désigner.

— En somme, sans jamais avoir mis les pieds dans la maison Lachaume, vous vous considériez un peu comme de la famille ?

Une fois de plus, Véronique prit la parole et, cette fois, elle y alla carrément.

— Ecoutez, tous les deux, ce n'est pas la peine de jouer au chat et à la souris. Vous savez, l'un comme l'autre, ce qu'il en est. Moi aussi, malheureusement, et je ne suis qu'une grosse dinde.

» Bien qu'il fréquente le *Fouquet's*, le *Maxim's* et autres endroits chics, Jacques a toujours tiré le diable par la queue et il ne possède rien d'autre que son auto, pour autant qu'elle soit payée.

» J'avais déjà remarqué qu'il avait des ardoises dans les bars et les restaurants. Quand il m'a rencontrée, il s'est dit qu'une fille de mon âge, qui a toujours travaillé, devait avoir de l'argent de côté et j'ai eu le malheur de l'amener ici et de lui raconter que je venais d'acheter l'appartement.

» C'est vrai. Je suis chez moi. Je suis même sur le point de faire construire une petite maison au bord de la Marne.

» Cela lui a paru magnifique et, alors que je ne lui demandais rien, il m'a parlé mariage.

» Seulement, j'ai eu l'idée stupide de raconter l'histoire de ma belle-sœur et de ses millions... »

— Je n'ai jamais accepté d'argent des femmes, prononça Sainval d'une voix blanche.

— C'est bien ce que je dis. C'était sans intérêt de lui soutirer une petite somme par-ci par-là. Tandis qu'en l'épousant...

— Elle est mariée...

— A quoi sert le divorce ? Avoue que vous en avez parlé tous les deux.

Il hésitait, ne sachant plus à quel saint se vouer. Maigret ne lui avait-il pas annoncé qu'il interrogerait Paulette le lendemain ?

— Je ne l'ai pas prise au sérieux. J'avais mis un doigt dans l'engrenage, par curiosité...

— Donc, elle a envisagé le divorce... Et c'est pour que le divorce ne soit pas prononcé à ses torts qu'elle évitait de se faire prendre... Vous avez compris, Monsieur Maigret ?... Je ne vous en veux pas d'avoir provoqué ce déballage... Ce n'est pas votre faute... Vous cherchiez autre chose... Parfois, en chassant le gros gibier, on fait lever un lapin...

« Toi, Jacquot, tu seras gentil d'emporter ta robe de chambre et tes pantoufles et de me renvoyer mes affaires...

» Il est bientôt mon heure d'aller travailler et je dois me mettre en tenue... Ces dames m'attendent ! »

Elle rit, d'un rire nerveux qui secoua sa grosse poitrine.

— Cela m'apprendra !... Cependant, vous auriez tort, commissaire, de soupçonner Jacques d'avoir tué Léonard... D'abord, je ne vois pas pourquoi il l'aurait fait... Ensuite, entre nous, c'est un faux dur... Il se serait dégonflé avant d'avoir escaladé le mur...

« Excusez-moi si je ne vous ai rien offert... »

Les larmes lui jaillissaient soudain des yeux, à son insu, et elle ne pensait pas à détourner la tête. D'une voix voilée, elle lançait :

— Fichez-moi le camp tous les deux... Il est grand temps que je m'habille.

Elle les poussait vers le corridor, vers le

porte-manteau. Sur le palier, Sainval se retourna :

— Ma robe de chambre et mes pantoufles... ?

Au lieu d'aller les chercher, elle lança :

— Je te les enverrai, va... N'aie pas peur ! Elles ne serviront à personne...

La porte se referma et Maigret aurait juré qu'il entendait un sanglot, un seul, suivi de pas précipités.

En silence, Sainval et lui attendirent l'ascenseur. Le publiciste murmura en entrant dans la cabine :

— Vous vous rendez compte de ce que vous avez fait ?

— Et vous ? riposta Maigret en allumant enfin sa pipe.

Cet idiot de juge qui aurait voulu suivre l'enquête de bout en bout ! Par plaisir, peut-être ?

CHAPITRE VII

Il en rêva, comme un enfant que tracasse son examen du lendemain. Et si le juge Angelot ne se matérialisa pas, si à aucun moment Maigret ne vit son visage, sa présence n'en était pas moins diffuse à l'arrière-plan. Il n'y eut pas qu'un seul rêve. Ce fut plutôt un chapelet de rêves avec, entre eux, des périodes de demi-conscience, parfois de lucidité, pendant lesquelles le commissaire continuait le même effort.

Cela avait commencé d'une façon assez prétentieuse. Au juge d'instruction invisible, il déclarait :

— Je vais donc vous montrer ma méthode...

Dans son esprit, il s'agissait d'une sorte de répétition. Il parlait de méthode avec ironie, bien entendu, étant donné qu'il répétait depuis trente ans qu'il n'avait aucune méthode. Quand même ! Il n'était pas fâché de s'expliquer avec ce magistrat à la jeunesse insultante.

Maigret était quai de la Gare, absolument seul dans les bâtiments délabrés et devenus immatériels à tel point qu'il pouvait passer à travers les murs. Le décor n'en était pas moins exact, avec tous ses détails, y compris des détails qu'à l'état de veille le commissaire avait oubliés.

— Voilà !... Le soir, pendant des années, ils étaient assis ici...

C'était le salon et Maigret rechargeait le petit poêle dont la fonte avait une fêlure plus rouge, comme une cicatrice. Il mettait les personnages en place, les deux vieux en bois découpé, Léonard qu'il fallait bien essayer d'imaginer vivant et à qui il donnait un mince sourire amer, une Paulette impatiente qui se levait à tout bout de champ, feuilletait des magazines, annonçait la première qu'elle allait se coucher, Armand enfin, fatigué, qui prenait un médicament.

— Vous comprenez, Monsieur le Juge, c'est le point capital...

Il ne savait pas quel point.

— Chaque soir, pendant des années... Jean-Paul est déjà couché... Les autres, sauf Paulette, pensent tous la même chose. Léonard et son frère échangent de temps en temps un coup d'œil... C'est Léonard qui est obligé de parler, parce qu'il est l'aîné et qu'Armand n'en a pas le courage...

Parler, dans le rêve, signifiait demander de l'argent à la fille de Zuber.

La maison Lachaume croulait, la plus ancienne biscuiterie de Paris, une institution importante, précieuse comme ces tableaux qu'on met dans les musées et qu'il faut des générations pour façonner.

Quelqu'un disposait d'un gros tas d'argent, du sale argent, si sale que le père Zuber avait été trop heureux de donner sa fille à un Lachaume afin qu'elle ait un état civil honorable.

— Vous comprenez ?

Car c'était toujours devant un Angelot invisible qu'il travaillait de la sorte, sans filet. Un travail difficile. Comme quand, dans d'autres rêves, il s'élevait dans l'espace à la force des mains.

Il ne fallait pas laisser les personnages s'échapper, s'évaporer.

— Les vieux s'en vont, puis Armand, afin de laisser les deux autres en tête à tête. Ce serait plus simple qu'elle donne un gros paquet d'un coup, mais elle s'obstine à ne pas le faire ; peut-être que son père, un vieux malin, avant de mourir, lui a conseillé d'agir ainsi. Seulement des petites sommes, pour les fins de mois. De sorte que c'est sans cesse à recommencer...

Les Lachaume ont dû mentir, au début, faire croire qu'avec quelques millions l'affaire redeviendrait prospère, la maison confortable et gaie, servant de cadre à des dîners, des réceptions comme chez les grands bourgeois. Paulette y a cru, puis n'y a plus cru.

Nouveau tête-à-tête, chaque mois, avec Léonard.

— Combien ?

Après quoi chacun s'enferme dans une de

ces chambres. Dans un de ces cellules, et continue à penser...

Le corridor... les portes... La salle de bains, au fond, une vieille salle de bains où il y a du brun sur l'émail à l'endroit où l'eau s'égoutte...

Les Lachaume y sont habitués... Peut-être chez Zuber, malgré les millions, ne se servait-on pas de la salle de bains ?...

— C'est tout cela, Monsieur le juge, que vous devez assimiler...

Il répétait en martelant les syllabes :

— *As-si-mi-ler !*

... Léonard dans son bureau, en bas, Armand dans le sien, en face du comptable, les biscuits qu'on emballait à la manutention et un ridicule filet de fumée sortant de la haute cheminée qui singeait les cheminées d'usine...

Paulette dans son auto...

La journée, la soirée de la veille. L'épicière dans sa boutique. C'était dimanche, mais le jour précédent était un jour de fête et les petits commerçants de quartier n'aiment pas fermer deux jours de suite. La Panhard rouge, vers six heures, avec le faux Sainval en imperméable. Léonard qui suivait. Dans la Pontiac bleue. Le Palais-Royal. Le restaurant...

Il aurait fallu, comme sur certaines photographies, surimposer les images, montrer les agents d'Ivry, les inspecteurs, Janvier, Lucas, tous ceux qui interrogeaient les gens, une péniche à Corbeil, l'autre au Canal Saint-Martin et Paul qui découpait des muscles et des viscères, plaçant des échantillons dans des tubes, les gens du laboratoire qui mesuraient, analysaient, regardaient, à la loupe et au microscope...

Maigret avait un sourire ironique.

— Ce qui compte, pourtant...

Il ne disait pas, par modestie, ce qui comptait, continuant d'aller d'une pièce à l'autre en traversant les murs...

Quand Mme Maigret le secoua, il était exténué, comme après une nuit dans le train, et sa nuque était à nouveau douloureuse.

— Tu as parlé plusieurs fois, cette nuit.

— Qu'est-ce que j'ai dit ?

— Je n'ai pas compris. Tu mélangeais les syllabes...

Elle n'avait pas insisté. Il avait mangé sans lui adresser la parole, avec l'air d'oublier qu'il était chez lui et qu'elle lui faisait face.

Jacques Sainval, la veille au soir, avait paru surpris qu'on le laisse en liberté en lui mettant comme seule condition de ne pas quitter Paris.

Rentré chez lui, le commissaire avait téléphoné à Lapointe qui, toute cette semaine, était de nuit, et il lui avait demandé de faire certaines recherches, de constituer un dossier.

Il ne pleuvait plus, mais le ciel n'était ni plus clair, ni plus gai, et les gens, dans l'autobus, se montraient de mauvaise humeur.

Maigret s'était fait éveiller plut tôt que d'habitude et les bureaux du quai des Orfèvres étaient presque déserts quand il y arriva.

Il trouva d'abord, bien en évidence, les messages du juge d'instruction, qui insistait pour que le commissaire lui téléphone dès la première heure, ce qui, pour quelqu'un du Parquet, devait signifier neuf heures du matin.

Cela lui laissait du temps devant lui et il commença par étudier les statistiques que Lapointe avait déposées sur le bureau avant d'aller se coucher. Il ne prit aucune note, se contenta d'enregistrer quelques chiffres, non sans sourire de satisfaction, car il ne s'était guère trompé.

Ensuite, il se pencha sur le plan de la maison d'Ivry établi par l'Identité Judiciaire.

Le plan était accompagné d'un rapport épais, minutieux, ces gens-là n'ayant pas l'habitude de négliger les plus petits détails. On y mentionnait, par exemple, une vieille roue de bicyclette d'enfant, rouillée et tordue, trouvée dans un coin de la cour.

Avait-elle appartenu au vélo de Jean-Paul ou, probablement, à une bicyclette jadis utilisée par Armand, sinon par Léonard ? Ou bien quelqu'un du quartier s'en était-il débarrassé en la lançant par-dessus le mur au lieu de la jeter dans la Seine ?

Le détail était significatif et il y en avait beaucoup d'autres, trop pour qu'on puisse les retenir tous.

Ce qu'il étudia le plus longuement, ce fut l'inventaire de ce qui se trouvait dans la chambre de Léonard.

Huit chemises blanches, dont six très usagées, réparées au col et aux poignets... Six caleçons raccommodés... Dix paires de chaussettes en coton et quatre paires en laine... Cinq pyjamas rayés...

Tout était consigné, le nombre de mouchoirs, l'état du peigne, de la brosse à cheveux et de la brosse à habit, avec des croquis montrant la place de chaque objet. Comme il l'avait fait en rêve pendant la nuit, Maigret s'efforçait de visualiser la chambre en y plaçant les divers articles décrits par l'inventaire.

... Une pendule en marbre noir et bronze dont le mécanisme ne fonctionne plus... Deux candélabres marbre et bronze, à trois branches... Un panier à papier en osier contenant un journal chiffonné... Une clef à molette de 36 centimètres, du type employé par les plombiers...

La description du lit n'était pas moins précise. Un des draps, en toile fine et en excellent état, état marqué d'une lettre « P », en broderie, de quatre centimètres...

Maigret écarta deux doigts, imagina la lettre brodée, soupira et, continuant à lire, décrocha le téléphone.

— Passez-moi Maître Radel... L'avocat... Je ne sais pas son numéro...

Quelques instants plus tard, il l'avait au bout du fil.

— Allô ! Ici, Maigret... J'aimerais que vous posiez deux questions à vos clients, ce qui m'évitera d'aller quai de la Gare et de vous y convoquer... Allô ! Vous êtes là ?

— Oui. J'écoute.

L'avocat devait être surpris des formes que Maigret y mettait.

— D'abord, au sujet d'une clef anglaise... Une clef anglaise de trente-six centimètres... Elle se trouve dans la chambre de Léonard Lachaume, qui est sous scellés... J'aimerais savoir pourquoi elle était là... Comment ? Oui... Il y a peut-être une raison toute simple et je voudrais la connaître...

« Autre chose... Combien de draps de lit y a-t-il dans la maison... Mais oui, je m'en excuse, c'est fort terre à terre, en effet... Un instant !... Demandez si tous les draps sont marqués de la lettre « P » ou, sinon, à qui servaient ceux qui sont marqués de la sorte... Combien de draps marqués et combien sans marque, ou avec une marque différente... Comment ?... C'est tout, oui... Ou plutôt... Je prévois que vous allez vous abriter derrière le secret professionnel... Depuis quand êtes-vous l'avocat des Lachaume ?... »

Il y eut un silence au bout du fil. Maître Radel hésitait. Maigret avait été surpris, la veille, de trouver un avocat si jeune, pour ainsi dire inconnu, dans une maison où il se serait attendu à rencontrer un vieil homme de loi retors.

— Vous dites ?... Une semaine ?... Puis-je vous demander enfin de qui, exactement, vous êtes l'avocat ?... Quelqu'un, il y a une semaine, vous a appelé, ou est allé vous trouver...

Il écouta, haussa les épaules, et, enfin, quand la voix se tut, raccrocha. Comme il l'avait pensé, Radel refusait de répondre à cette question-là.

Il tendait la main vers une de ses pipes quand le téléphone sonna. C'était déjà le juge Angelot, arrivé à son cabinet bien avant neuf heures.

— Le commissaire Maigret ?

— Oui, Monsieur le Juge.

— Vous avez trouvé mes messages ?

— Certainement. Je les ai lus avec attention.

— J'aimerais vous voir le plus tôt possible.

— Je sais. Je n'attends qu'une communication téléphonique, dans quelques minutes, je l'espère, avant de me rendre chez vous.

Il attendit, en effet, sans rien faire, sinon fumer et aller se camper devant la fenêtre. Cela prit six minutes. Radel avait fait vite.

— Je me suis informé d'abord de la clef à molette... La vieille Catherine s'en souvient fort bien... Il y a environ deux semaines, Léonard Lachaume a été incommodé, dans sa chambre, par une odeur de gaz... On ne se sert plus du gaz que dans la cuisine, mais les chambres, autrefois, étaient éclairées au gaz et l'installation est restée. On s'est contenté de boucher les tuyaux avec des boulons. Léonard est donc allé chercher une clef à molette dans l'atelier du rez-de-chaussée... Il a oublié de la redescendre et, depuis, elle est restée dans un coin de la chambre...

— Les draps ?

— Je n'ai pu obtenir le décompte exact, car il y en a à la buanderie... Il en existe avec des marques différentes... Les plus anciens, très usés, sont aux initiales « N.F. » et datent du mariage des vieux... A cette époque-là, une femme, en se mariant, apportait assez de draps pour toute une vie... Ils sont en grosse toile de Hollande et il en reste quelques paires... Il y a aussi des draps marqués « M.L. », appartenant à la femme défunte de Léonard... Douze paires, me dit-on... Dont un drap brûlé par un fer trop chaud... Six paires de draps presque neufs, en coton, sans initiale... Enfin deux douzaines de draps plus fins venant de Paulette Lachaume...

— Ils sont marqués d'un « P » ?

— Oui.

— Je suppose qu'en principe ils ne servent qu'à elle ?

— Je ne me suis pas permis d'insister sur ce point. On m'a seulement dit que ce sont ses draps personnels.

— Je vous remercie.

— Puis-je vous demander...

— Rien, maître... Je ne sais encore rien... Excusez-moi...

Il ne prit aucun dossier avec lui, ouvrit la porte du bureau des inspecteurs où Lucas venait d'arriver.

— Si on me demande, je suis chez le juge d'instruction.

Il avait la clef de la porte vitrée faisant communiquer la P.J. avec le Palais de Justice et qu'on ferme avec soin depuis qu'un prisonnier l'a utilisée pour s'évader.

Comme toujours, il reconnut quelques clients sur les bancs, certains entre deux gendarmes. Il vit ainsi le Chanoine, qui attendait près de la porte d'un juge et qui, sans un mot, lui montra les menottes qu'on lui avait mises, haussant ensuite les épaules comme pour dire :

— Voilà comment ils sont de ce côté-ci !

C'était en effet un univers différent, qui avait une sourde odeur d'administration et de paperasse.

Il frappa à la porte d'Angelot, trouva celui-ci assis à son bureau, rasé de près, répandant une légère odeur de lavande. Son secrétaire, au bout de la table, était à peine plus âgé que lui.

— Asseyez-vous, Monsieur le Commissaire. J'ai été assez surpris, hier, de rester tout l'après-midi et la soirée sans nouvelles de vous. Dois-je en conclure que vous n'avez rien trouvé, que vous n'avez fait aucune démarche susceptible de m'intéresser ?

Le secrétaire restait là, un crayon à la main, comme prêt à prendre des notes, mais, heureusement, il n'en prenait pas.

— Vous êtes retourné quai de la Gare ?

— Personnellement, non.

— Vous n'avez donc revu aucun des membres de la famille ou du personnel ?

— Non.

— Je suppose cependant que vous et vos services vous êtes occupés de l'affaire ? J'y ai beaucoup pensé de mon côté et j'avoue que, malgré le peu d'importance du vol, j'en reviens toujours à l'hypothèse d'un cambriolage...

Maigret se taisait, pensant à son rêve si différent de la réalité. Cela valait-il vraiment la peine de s'expliquer, d'essayer de faire comprendre au magistrat ce que...

Il attendait des questions précises.

— Qu'est-ce que vous en pensez ? lui demandait-on enfin.

— D'un cambriolage ?

— Oui.

— J'ai fait rechercher quelques chiffres à votre intention. Savez-vous combien il y a eu à Paris, en dix ans, de cambriolages, la nuit, dans des appartements ou des hôtels particuliers habités, pendant que les locataires étaient chez eux ?

Le juge le regardait, surpris, intrigué.

— Trente-deux, continuait Maigret d'un ton indifférent. Un peu plus de trois par an. Encore faut-il en mettre plus d'une douzaine sur le compte d'une sorte d'artiste ou de maniaque que nous avons arrêté il y a trois ans et qui est toujours en prison, un garçon de vingt-cinq ans qui vivait avec sa sœur, n'ayant ni maîtresses ni amis, et dont la passion était de réussir les coups les plus difficiles, comme d'entrer dans la chambre d'un couple endormi et de s'emparer des bijoux sans donner l'éveil. Bien entendu, il n'était pas armé.

— Pourquoi dites-vous : bien entendu ?

— Parce que les cambrioleurs professionnels ne sont jamais armés. Ils connaissent le code, par expérience, et réduisent le risque au minimum.

— Pourtant, presque chaque semaine...

— Presque chaque semaine, on lit dans les journaux qu'une vieille débitante, une mercière, les tenanciers d'une boutique de quartier ou de banlieue ont été assommés... En réalité, il ne s'agit pas réellement de cambriolages... Les auteurs de ces crimes-là sont de jeunes voyous frustes et souvent idiots... J'ai voulu savoir aussi combien, en dix ans, de vrais cambriolages ont été accompagnés ou suivis de meurtres... Trois, Monsieur le Juge... Un à l'aide d'une clef anglaise, que le cambrioleur avait dans sa poche... Le second avec un tisonnier trouvé sur les lieux, dont il s'est servi en se voyant surpris et menacé... Le troisième enfin avec une arme à feu, un Lüger rapporté de guerre...

Il répéta :

— Un seul !... Et il ne s'agit pas d'un automatique 6.35... Je ne crois pas qu'on trouve, dans tout Paris, un professionnel ou un mauvais garçon pour utiliser une de ces armes-là, que les braves gens gardent dans le tiroir de leur table de nuit ou que des femmes jalouses transportent dans leur sac à main...

— Si je comprends bien, vous n'admettez pas l'hypothèse d'un cambriolage ?

— Non.

— Même, par exemple, par un membre ou un ancien membre du personnel ?

— Un marinier belge, que mes hommes ont pu rejoindre, a vu, dans la soirée, quelqu'un à l'intérieur de la cour, qui était juché sur une échelle et qui cassait les tessons de bouteille au-dessus du mur.

— Dans la soirée, ou après deux heures du matin ?

— Dans la soirée, vers dix heures.

— Autrement dit, quatre heures avant le crime ?

— Quatre heures avant le crime.

— Si c'est exact, qu'en déduisez-vous ?

— Encore rien. Vous m'avez prié de vous mettre au courant.

— Vous avez fait d'autres découvertes ?

— Paulette Lachaume a un amant.

— Elle vous l'a dit ? Je croyais que vous...

— Je ne l'ai pas vue. Elle ne m'a rien dit. C'est sa belle-sœur qui m'a mis involontairement sur la piste...

— Quelle belle-sœur ?

— Véronique Lachaume.

— Où l'avez-vous retrouvée ?

— Chez elle, rue François-Ier. Elle est barmaid dans un cabaret assez spécial de la rue Marbeuf, l'*Amazone*. Son amant, qu'elle comptait épouser prochainement, est aussi l'amant de Paulette...

— Il l'a avoué ?

— Oui.

— Quel genre d'homme est-ce ?

— Un type comme on en rencontre beaucoup aux alentours des Champs-Elysées... Publiciste de son métier... Des ardoises partout... D'abord, il comptait épouser Véronique, qui est propriétaire de son appartement et qui possède quelques économies... Quand il a entendu parler de la belle-sœur et de ses millions, il s'est arrangé pour la rencontrer, pour devenir son amant et, avant-hier soir encore, il a dîné avec elle avant de la conduire dans un appartement de l'île Saint-Louis que lui prête à l'occasion un ami anglais...

Il le faisait exprès, non sans une satisfaction malicieuse, de jeter en vrac ces informations que le juge s'efforçait de classer dans sa tête.

— Vous l'avez gardé quai des Orfèvres ?

— Je ne l'y ai pas conduit.

— Où cela nous mène-t-il ?

— Je l'ignore. Si l'on écarte l'hypothèse d'un cambrioleur ou d'un fou et si l'on attache foi à la déclaration du marinier, on doit admettre que le crime a été commis par quelqu'un de la maison. Or, les hommes de l'Identité Judiciaire ont trouvé une clef à molette de trente-six centimètres dans la chambre de Léonard Lachaume.

— L'assassin s'est servi d'un automatique...

— Je sais. Cette clef pèse dans les deux kilos. D'après la servante, Catherine, elle était dans la chambre de Léonard depuis deux semaines, quand il s'en est servi pour resserrer un boulon fermant le tuyau du gaz...

— Quelles sont vos autres informations ?

Le juge s'irritait de la placidité ironique de Maigret. Il était évident, même pour le secrétaire qui baissait la tête d'un air gêné, que le commissaire avait délibérément choisi une attitude qui, si elle n'était pas hostile, ni carrément agressive, manquait de cordialité.

— On ne peut pas appeler ça des informations... Je viens, par exemple, d'obtenir le compte des draps de lit utilisés dans la maison...

— Les draps de lit ?

— Un seul drap, dans la chambre de Léonard, est taché de sang... Or, il est marqué de la lettre « P » et appartient à Paulette...

— C'est tout ?

— Celle-ci a quitté la maison à pied, sous la pluie, avant-hier aux environs de six heures, afin de rejoindre son amant qui l'attendait, un peu plus loin sur le quai, dans une auto rouge en face d'une épicerie. Vers le même moment, Léonard Lachaume sortait au volant de la voiture de sa belle-sœur, une Pontiac bleue... Le couple s'est rendu dans un restaurant discret du Palais-Royal, *Chez Marcel*... Léonard serait rentré à neuf heures... Une heure plus tard, quelqu'un, de l'intérieur, cassait avec un objet lourd, vraisemblablement un marteau, les tessons de bouteille dont le mur est garni...

» Paulette, après une visite dans l'appartement de l'Anglais, quai de Bourbon, est rentrée en taxi... »

— Pourquoi pas dans la voiture de son amant ?

— Parce que, la nuit, elle craignait d'être remarquée.

— Elle vous l'a dit ?

— Son amant me l'a dit. Dans le corridor, elle a salué Léonard, qui était en robe de chambre...

Les traits de Maigret se figèrent soudain et, pendant un moment, il parut absent.

— A quoi pensez-vous ?

— Je ne sais pas encore. Il faudra que je vérifie...

Tout ceci ne ressemble pas à son rêve, quand il faisait au juge d'instruction invisible une démonstration si brillante de ses méthodes. Et ils n'étaient pas quai de la Gare. L'atmosphère de la maison manquait, les objets, le passé et le présent, le visible et l'invisible.

Il n'en jouait pas moins un rôle, consciemment. Avec le pauvre Coméliau, qui avait été si longtemps son ennemi personnel, c'était une bataille ouverte, la vieille lutte jamais avouée mais toujours latente entre le Parquet et le Quai des Orfèvres.

D'autres juges préféraient le laisser agir à sa guise et attendre patiemment qu'il leur apporte un dossier complet, y compris, de préférence, les aveux d'un coupable.

Face au juge Angelot, il paradait, malgré lui,

jouant, si l'on peut dire, le personnage de Maigret tel que certains l'imaginaient.

Il n'en était pas fier, mais c'était plus fort que lui. Deux générations étaient en présence et il n'était pas fâché de montrer à ce blanc-bec...

— En conclusion... ?

— Je n'ai pas tiré de conclusion, Monsieur le Juge.

— S'il s'agit, comme vous semblez l'affirmer, de quelqu'un de la famille...

— De la famille ou de la maison.

— Parce que vous incluez la vieille servante bossue parmi les suspects ?

— Je n'élimine personne. Je ne vais pas vous citer à nouveau des statistiques. Il y a trois mois, un homme a tué son voisin, justement avec un automatique 6.35, parce que ce voisin s'obstinait à faire marcher sa radio à pleine force.

— Je ne vois pas le rapport.

— A première vue, c'est un crime idiot, inexplicable. Or, le meurtrier est un grand invalide de guerre, deux fois trépané, qui passe ses journées à souffrir dans un fauteuil. Il n'a que sa pension pour vivre. Le voisin était un tailleur en chambre d'origine étrangère qui a eu des ennuis après la Libération et qui s'en est tiré...

— Je ne vois toujours pas...

— Je veux en arriver à ceci... Ce qui, à première vue, semble être un motif ridicule — un peu plus ou un peu moins de musique ! — devient, si on y réfléchit, pour l'invalide de guerre, une question vitale... Autrement dit, étant donné les circonstances, le crime est explicable, presque fatal.

— Je ne vois aucune situation similaire quai de la Gare.

— Pourtant, il doit en exister une, *tout au moins dans l'esprit de celui qui a tué Léonard Lachaume.* A part d'assez rares cas pathologiques, l'homme ne tue que pour des raisons précises, impérieuses.

— Vous avez trouvé cette raison-là ,dans le cas qui nous occupe ?

— J'en ai trouvé plusieurs.

Mais le commissaire en avait soudain assez du rôle qu'il se laissait entraîner à jouer...

— Je vous demande pardon... murmura-t-il.

C'était sincère.

— De quoi ?

— De tout. Peu importe. Une idée m'est venue tout à l'heure, en vous parlant. Si vous me permettez de donner un coup de téléphone, nous y verrons peut-être plus clair.

Le magistrat poussa l'appareil vers lui.

— Passez-moi l'Identité Judiciaire, voulez-vous ?... Allô !... Oui... Allô !... Qui est à l'appareil ?... C'est vous, Moers ? Ici, Maigret... J'ai bien reçu le rapport... Oui... Ce n'est pas à ce sujet que je veux vous parler, mais au sujet de l'inventaire... Je suppose qu'il est complet ?... Comment ?... Je sais... Je ne doute pas du soin avec lequel il a été établi... Je veux seulement être sûr qu'il n'y a aucune chance d'omissions...

» ... Celui qui l'a recopié à la machine pourrait avoir sauté une ligne... Vous avez la liste originale sous la main ?... Prenez-la... Bon... Maintenant, voyez si on ne fait pas mention d'une robe de chambre... J'ai parcouru la liste assez rapidement dans mon bureau, et cela pourrait m'avoir échappé... Une robe de chambre, oui... D'homme, c'est cela... Je reste à l'appareil... »

Il entendait Moers lire la liste à mi-voix.

— Non. On ne mentionne aucune robe de chambre. D'ailleurs, j'étais sur place et je n'en ai pas vu...

— Merci, vieux.

Le juge et lui se regardèrent en silence. Enfin Maigret murmura, comme s'il n'était pas sûr de lui :

— Peut-être, au point où nous en sommes, un interrogatoire donnerait-il quelque chose !

— Un interrogatoire de qui ?

— C'est ce que je suis en train de me demander.

Et pas seulement parce qu'il recherchait ce qu'il appelait parfois le point de moindre résistance. Une question personnelle, aujourd'hui, intervenait aussi.

Il était persuadé que le juge Angelot exigerait que l'interrogatoire ait lieu dans son cabinet. Peut-être même voudrait-il y procéder en personne ?

Cela gênait Maigret de faire comparaître le vieux Lachaume, qui avait déjà l'air d'un des portraits d'aïeux suspendus dans le bureau du rez-de-chaussée. Il faudrait le séparer de sa femme, qu'on ne pouvait guère transporter. Il n'était même pas sûr que le vieux Lachaume eût encore sa tête toute à lui. Ses yeux semblaient regarder à l'intérieur et Maigret le soupçonnait de ne vivre que dans ses souvenirs.

Quant à Catherine, elle se montrerait agressive, car c'était la femme d'une seule idée et elle n'en démordrait pas. Elle nierait, contre toute évidence, se moquant de la logique. Il faudrait regarder sa silhouette bossue, entendre sa voix trop pointue.

Il ne connaissait pas Jean-Paul, n'avait pas eu l'occasion de le voir, puisqu'on s'était empressé de l'escamoter en le mettant au collège comme interne.

Involontairement, le gamin aurait pu fournir des renseignements précieux, mais le commissaire imaginait la répulsion du juge d'instruction à harceler un enfant dont le père était mort deux nuits plus tôt.

Restaient Armand et Paulette.

Contre le choix d'Armand s'inscrivaient ses crises d'épilepsie. Acculé au pied du mur, ne serait-il pas tenté d'en piquer une, vraie ou simulée ?

— Je crois que c'est Paulette Lachaume qu'il vaudrait mieux interroger, décida-t-il enfin avec un soupir.

— Vous avez des questions précises à lui poser ?

— Quelques-unes. D'autres découleront de ses réponses.

— Vous désirez que je prévienne son avocat ?

Radel serait présent, bien sûr. Avec Angelot, tout se passerait dans les règles. Ce n'était pas sans nostalgie que Maigret renonçait à son bureau, à ses habitudes, à ses petites manies, y compris celle, le moment venu, de faire monter des sandwiches avec de la bière ou du café, ou encore de se faire remplacer par un de ses inspecteurs qui recommençait innocemment tout l'interrogatoire.

Un jour plus ou moins prochain, tout cela appartiendrait au passé et le travail de Maigret serait accompli par des Angelot bien élevés et couverts de diplômes.

— Je lui ai téléphoné ce matin, avoua le commissaire.

Le juge fronça les sourcils.

— Au sujet de cet interrogatoire ?

Il était déjà prêt à défendre ses prérogatives.

— Non. Pour lui demander deux des renseignements que je viens de vous fournir. Afin de ne pas déranger la famille Lachaume, j'ai préféré passer par lui.

— Allô !... Passez-moi le cabinet de Maître Radel, s'il vous plaît... André Radel, oui... Allô... André ?...

La veille, quai de la Gare, Maigret n'avait pas entendu les deux hommes s'appeler par leur prénom.

— Dis-moi... J'ai le commissaire Maigret dans mon bureau... L'enquête en est arrivée à un point où il paraît nécessaire de procéder à certains interrogatoires... Chez moi, oui, bien entendu... Non ! Je n'ai pas l'intention de déranger les vieux parents... Lui non plus... tout au moins pas pour l'instant... Comment ?... Que dit le médecin ? Ah !... Paulette Lachaume, oui... Dans la matinée de préférence... D'accord... J'attends ton coup de fil...

Il raccrocha, crut devoir expliquer :

— Nous avons fait notre Droit ensemble... Il m'apprend qu'Armand Lachaume est au lit...

Il a eu une crise assez violente, hier au soir... Le médecin a été appelé et est à nouveau à son chevet ce matin...

— Et Paulette ?

— Radel va me rappeler. Il espère me l'amener en fin de matinée.

Le juge, embarrassé, toussota, joua avec son coupe-papier.

— Il est plus régulier, au point où nous en sommes, que je pose les questions et que vous n'interveniez qu'en cas de nécessité... Je suppose que vous n'y voyez pas d'inconvénient ?

Maigret y voyait mille inconvénients, mais à quoi bon en parler ?

— Il en sera comme vous le désirez.

— Je trouverais normal, par contre, que vous m'indiquiez, par écrit, avant son arrivée, les points sur lesquels vous croyez utile que j'insiste.

Maigret fit oui de la tête.

— Juste quelques mots sur un bout de papier. Ceci, sans aucun caractère officiel.

— Cela va de soi.

— Vous avez reçu des informations sur la femme défunte de Léonard Lachaume ?

— Elle a servi au même usage que la fille Zuber.

— C'est-à-dire ?

— A maintenir en vie, si l'on peut parler de vie, pendant un certain temps, la maison du quai et la biscuiterie. Une origine semblable aussi. Son père est un ancien contremaître qui a fait fortune dans les travaux publics. La dot a servi à boucher les trous.

— Et l'héritage ?

— Il n'y a pas d'héritage, car le père vit et est capable de vivre longtemps.

Léonard d'abord. Armand ensuite.

Cette obstination à garder à flot une affaire qui, selon toutes les lois économiques, aurait dû sombrer depuis longtemps, n'avait-elle pas quelque chose d'assez émouvant ?

N'y avait-il pas un certain point commun avec le geste de l'invalide de guerre qui avait abattu son voisin parce qu'il le torturait du matin au soir en mettant sa radio à toute force ?

Ce n'était pas par hasard que Maigret avait cité ce cas. Il avait joué un rôle en face du juge d'instruction, certes, mais, pour le fond, il n'en avait pas moins été sincère avec lui-même.

— Allô, oui... Qu'est-ce qu'elle a dit ?... Combien de temps crois-tu que cela prendra ?... Vers onze heures et demie ?... D'accord... Mais non ! Ce sera dans mon cabinet...

Radel avait-il si peur que l'interrogatoire eût lieu dans le bureau de Maigret ? Angelot l'avait rassuré, avec l'air de dire :

— Chez moi, cela se passera dans les formes...

Le commissaire soupira en se levant :

— Je serai ici un peu avant onze heures et demie.

— N'oubliez pas de noter les questions que...

— Je vais y penser.

Le pauvre Chanoine attendait toujours sur son banc, résigné, entre deux gendarmes, que « son » juge voulût bien le recevoir. Maigret lui adressa un clin d'œil en passant et, une fois dans son bureau, il en referma violemment la porte.

CHAPITRE VIII

Les coudes pesamment appuyés sur son bureau, le front dans la main gauche, il écrivait quelques mots, en tirant de petits coups sur sa pipe, puis restait tout un temps à fixer le rectangle glauque de la fenêtre.

Comme à la veille d'un examen, au temps où il faisait ses deux premières années de médecine, il avait relu tous les rapports, y compris, trois fois, le fameux inventaire qui commençait à l'écœurer.

Pourtant, c'était moins à un étudiant qu'il se comparait qu'à un boxeur qui va, en moins d'une heure, peut-être en quelques minutes, jouer sa réputation, sa carrière, provoquer les huées ou les acclamations.

Le parallèle était inexact, certes. Le juge Angelot n'avait aucune influence sur une carrière qui, de toute façon, s'achèverait bientôt par la retraite. Les journalistes, de leur côté, ne sauraient rien de ce qui allait se passer entre les quatre murs d'un cabinet du Palais de Justice.

Il n'était donc pas question d'acclamations. Tout ce que Maigret risquait, c'était un blâme et, dans l'avenir, les regards ironiques ou apitoyés de certains jeunes magistrats à qui l'Angelot ne manquerait pas de raconter l'histoire.

— A propos de Maigret et de son flair, vous a-t-on dit...

Dès son retour au bureau, il avait appelé Lucas pour lui donner des instructions et tous les inspecteurs disponibles faisaient en ce moment un travail de jambes, comme on dit, dans les environs du Palais-Royal, cette fois, interrogeant les commerçants, les marchands de journaux, relançant chez eux ou à leur bureau les clients qui, le dimanche soir, *chez Marcel,* dînaient au rez-de-chaussée et auraient pu voir quelque chose par les fenêtres.

Il ne s'agissait pourtant que d'un tout petit détail qui, au dernier moment, pouvait devenir important, sinon se révéler décisif.

Maigret avait écrit ses questions une première fois puis, parce qu'il ne jugeait pas son écriture assez lisible, les avait recopiées.

A onze heures dix, non sans hésitation, il avait mis le papier sous enveloppe et l'avait fait porter au Palais de Justice.

C'était une élégance de sa part. Il donnait ainsi au juge Angelot le temps de se préparer tandis que lui-même découvrait ses cartes.

Il ne le faisait pas tant par générosité, d'ailleurs, que pour pouvoir arriver au dernier moment et éviter ainsi, avant l'interrogatoire, une nouvelle conversation avec le magistrat.

— Si on me demande au téléphone, je n'y suis pas, à moins que ce ne soit un de nos hommes.

Avant la comparution de Paulette, il ne parlerait pas au juge, même par téléphone. Maintenant, il tournait dans son bureau, s'arrêtait un moment pour regarder la Seine d'un gris cruel, les fourmis noires qui gravitaient sur le pont Saint-Michel et se faufilaient entre les autobus.

De temps en temps, il fermait les yeux, pour mieux retrouver la maison du quai de la Gare et il lui arrivait de prononcer des mots à mi-voix.

Onze heures vingt... vingt-trois... vingt-cinq...

— Je vais là-bas, Lucas. S'il y a du nouveau, qu'on me prévienne et qu'on insiste pour me parler personnellement.

Tandis que le commissaire s'éloignait, massif, dans le couloir, les lèvres de Lucas dessinèrent en quelque sorte un mot qu'on n'entendit pas et qui commençait par « m ».

De loin, Maigret aperçut Maître Radel qui pilotait vers le cabinet du juge Paulette Lachaume vêtue d'un manteau de castor, coiffée d'une toque de la même fourrure, et les trois personnages entrèrent presque ensemble, ce qui fit tiquer le magistrat. Se figura-t-il que Maigret avait triché en prenant un premier contact avec la jeune femme et son conseil ?

Radel le rassura sans le savoir :

— Tiens ! Vous étiez derrière nous ?

— Je suis venu par la petite porte.

Le juge s'était levé, sans toutefois aller au-devant de sa visiteuse.

— Je m'excuse, Madame, de vous avoir convoquée...

Elle était lasse, cela se voyait à son visage aux traits brouillés, presque meurtris. Elle murmura, cherchant machinalement une chaise.

— Je comprends...

— Prenez place, je vous en prie. Vous aussi, Maître Radel...

Les deux hommes ne se tutoyaient plus et paraissaient n'avoir jamais eu que des rapports strictement professionnels.

— Je crois, Madame, que vous connaissez déjà le commissaire Maigret...

— Nous nous sommes vus quai de la Gare, oui...

Il attendait que Maigret s'installât à son tour, près de la porte, un peu en retrait. La mise en place prenait du temps. Le juge, se rasseyant enfin, s'assurait que son secrétaire était prêt à prendre l'entretien en sténographie, puis toussotait.

C'était son tour d'être gêné, car, cette fois, les rôles étaient renversés : c'était à lui de tenir la scène tandis que Maigret était devenu le spectateur, le témoin.

— Certaines de mes questions, Maître Radel, pourront vous paraître étranges, ainsi qu'à votre cliente... Je pense pourtant qu'elle se doit d'y répondre en toute franchise, même si elles touchent à sa vie privée...

Elle s'y attendait, Maigret, rien qu'à la regarder, en était sûr. Elle ne serait donc pas prise à l'improviste. Radel avait dû la prévenir que la police avait sûrement eu vent de sa liaison avec Sainval.

— La première de ces questions, Maître, vous concerne aussi, mais j'insiste pour que ce soit Mme Lachaume qui y réponde... A quelle date, Madame, avez-vous éprouvé le besoin de prendre un avocat ?...

Radel fut sur le point de protester. Un regard de son camarade le fit réfléchir et il se tourna vers sa cliente qui, de son côté, s'était tournée vers lui, murmurant d'une voix timide :

— Je dois répondre ?

— Cela vaut mieux.

— Il y a trois semaines.

En regardant le bureau, où le juge, exprès, avait étalé un certain nombre de papiers, y compris les copies des rapports et de l'inventaire, Maigret s'apercevait que ce n'était pas son petit papier qui servait au magistrat mais que les questions avaient été reportées sur une autre feuille.

Dès maintenant, Angelot allait prendre l'habitude de se tourner vers son secrétaire avant de parler afin de s'assurer que celui-ci avait eu le temps d'enregistrer les phrases prononcées.

L'atmosphère restait neutre, officielle, et on ne sentait encore aucune émotion dans l'air.

— Lors de la mort de votre père, c'est son notaire habituel, Maître Wurmster, qui s'est occupé de la succession, n'est-ce pas ? Et il était assisté d'un avocat qui était aussi l'avocat de votre père, Maître Tobias.

Elle approuvait de la tête, mais il insistait pour une réponse articulée.

— Oui.

— Aviez-vous une raison, voici trois semaines, de ne pas vous adresser à l'avocat de votre père, donc à Maître Tobias, mais à un autre membre du Barreau ?

Radel intervint.

— Je ne vois pas le rapport entre cette question et ce qui s'est passé quai de la Gare.

— Vous le verrez tout à l'heure, Maître. Je prie votre cliente de bien vouloir répondre.

Et Paulette Lachaume, d'une voix peu intelligible :

— Je crois que oui.

— Vous vouliez dire que vous aviez une raison pour changer d'avocat ?

— Oui.

— N'est-ce pas que vous désiriez vous adresser à un spécialiste ?

Radel allait protester à nouveau quand le juge le devança.

— Par spécialiste, j'entends un avocat particulièrement réputé pour ses succès dans un domaine déterminé...

— Peut-être.

— En l'occurrence, n'était-ce pas au sujet d'un divorce éventuel que vous alliez consulter Maître Radel ?

— Oui.

— Votre mari, à ce moment-là, était-il au courant ?

— Je ne lui en avais pas parlé.

— Pouvait-il soupçonner vos intentions ?

— Je ne le crois pas.

— Et votre beau-frère ?

— Je ne pense pas non plus. Pas à ce moment-là.

— Avez-vous, par un versement d'argent, aidé à la dernière échéance de fin de mois ?

— Oui.

— Vous avez signé sans discuter le chèque qu'on vous demandait ?

— Oui. J'espérais que c'était le dernier. Je ne voulais pas d'histoires.

— La procédure de divorce était prête ?

— Oui.

— A quel moment quelqu'un, dans la maison du quai de la Gare, a-t-il eu vent de vos intentions ?

— Je ne sais pas.

— Mais ce soupçon a bien existé, tout au moins ces derniers jours ?

— Je pense.

— Qu'est-ce qui vous le donne à penser ?

— Une lettre de Maître Radel ne m'est pas parvenue.

— Il y a combien de temps que cette lettre aurait dû vous parvenir ?

— Une semaine.

— Qui s'occupe de dépouiller le courrier ?

— Mon beau-frère.

— Donc, il y a toutes les chances pour que Léonard Lachaume ait intercepté la lettre de Maître Radel. Avez-vous eu l'impression, dès ce moment, que quelque chose était changé dans l'attitude des Lachaume à votre égard ?

Elle hésita visiblement.

— Je n'en suis pas sûre.

— Vous en avez eu l'impression ?

— Il m'a semblé que mon mari m'évitait. Un soir, en rentrant...

— Quand ?

— Vendredi dernier.

— Continuez. Vous disiez que vendredi dernier, en rentrant... Quelle heure était-il ?

— Sept heures du soir... J'avais fait des courses en ville... J'ai trouvé tout le monde au salon...

— Y compris la vieille Catherine ?

— Non.

— Il y avait donc vos beaux-parents, Léonard et votre mari. Jean-Paul était-il là ?

— Je ne l'ai pas vu. Je suppose qu'il était dans sa chambre.

— Que s'est-il passé à votre arrivée ?

— Rien. D'habitude, je rentrais plus tard. Ils ne m'attendaient pas et ils se sont tus. J'ai cru sentir qu'ils étaient tous gênés. Ma belle-mère, ce soir-là, n'a pas dîné à table, mais est montée tout de suite dans sa chambre...

— Jusqu'à ces derniers temps, si je ne me trompe, Jean-Paul occupait, au premier étage, la chambre à côté de celle de son père, qui était autrefois la chambre de sa mère... Quand a-t-il déménagé au second étage, où il se trouve maintenant entre trois vieillards ?

— Il y a une semaine.

— C'est le gamin qui a proposé ce changement ?

— Non. Il ne voulait pas.

— L'idée est de votre beau-frère ?

— Il tenait à transformer la chambre de Jean-Paul en un bureau personnel pour s'y tenir après-dîner.

— Il lui arrive de travailler le soir ?

— Non.

— Quelle a été votre réaction ?

— J'ai été inquiète.

— Pourquoi ?

Elle regarda son avocat. Celui-ci, nerveux, alluma une cigarette. Maigret, lui, immobile dans son coin, aurait aimé allumer sa pipe, qu'il tenait toute bourrée dans sa poche, mais n'osait pas.

— Je ne sais pas. J'avais peur...

— Peur de quoi ?

— De rien de précis... J'aurais préféré que les choses se passent sans éclats, sans discussions, sans larmes, sans supplications...

— Vous parlez de votre divorce ?

— Oui. Pour eux, je savais que c'était une catastrophe...

— Parce que, depuis votre mariage, c'est vous qui faisiez vivre la maison. C'est bien cela ?

— Oui. J'avais l'intention, d'ailleurs, de laisser une certaine somme à mon mari. J'en avais parlé à Maître Radel. Seulement, je préférais avoir quitté la maison le jour où Armand recevrait les papiers...

— Jacques Sainval était au courant ?

Elle battit des cils à ce nom et, sans autrement manifester de surprise, se contenta de murmurer :

— Evidemment...

Le juge garda un certain temps le silence, le regard baissé vers ses notes. Avant de reprendre, non sans une certaine solennité, il ne put s'empêcher de jeter un coup d'œil à Maigret.

— En somme, Madame Lachaume, votre départ signifiait, pour la famille, comme pour la biscuiterie, l'écroulement définitif.

— Je vous ai dit que je leur aurais laissé de l'argent.

— De quoi tenir longtemps ?

— En tout cas un an.

Maigret se souvenait de la mention gravée sur la plaque de cuivre : *Maison fondée en 1817*. Un siècle et demi, presque. Qu'était-ce qu'un an en comparaison ? Pendant un siècle et demi, les Lachaume avaient tenu bon et, tout d'un coup, parce qu'une Paulette avait rencontré un publiciste aux dents longues...

— Avez-vous rédigé un testament ?

— Non.

— Pourquoi ?

— D'abord, parce que je n'ai pas de famille. Ensuite, parce que je comptais me remarier dès que cela me serait permis.

— Votre contrat de mariage prévoit que la fortune ira au dernier vivant des époux ?

— Oui.

— Depuis combien de temps avez-vous peur ?

Radel essaya de la mettre en garde, trop tard, car elle répondait déjà, sans se rendre compte du danger :

— Je ne sais pas... Quelques jours...

— Peur de quoi ?

Cette fois, elle réagissait et on voyait ses doigts se crisper, son visage exprimer l'angoisse.

— Je ne vois pas où vous voulez en venir. Pourquoi est-ce moi et pas *eux* que vous interrogez ?

Maigret sentit le besoin d'adresser au juge hésitant un regard d'encouragement.

— Votre décision de divorcer était définitive ?

— Oui.

— Aucun argument des Lachaume n'aurait pu vous retenir ?

— Non. Je me suis sacrifiée assez longtemps...

Pour une fois, ce mot, dans la bouche d'une femme, n'avait rien d'exagéré. Combien de temps, une fois mariée, avait-elle pu se faire illusion sur le rôle qu'elle jouait dans la maison patricienne du quai de la Gare ?

Elle ne s'était pas révoltée. Elle avait fait de son mieux pour renflouer l'affaire, pour boucher les trous tout au moins, et empêcher l'écroulement définitif.

— Vous aimiez votre mari ?

— Je l'ai cru, tout au début.

— Vous n'avez jamais eu de relations intimes avec votre beau-frère ?

Le juge ne lisait cette question que du bout des lèvres et en voulait à Maigret de la lui faire poser.

Comme elle hésitait, il ajouta :

— Il n'a pas essayé ?

— A un certain moment, il y a longtemps...

— Un an, deux ans, trois ans après votre mariage ?

— Un an, à peu près, quand Armand et moi avons fait chambre à part.

— Vous avez repoussé les avances de Léonard ?

— Oui.

Le silence qui suivit fut plus grave, plus oppressant que les précédents. L'atmosphère avait insensiblement changé et on sentait que chaque mot comptait désormais, qu'on approchait d'une vérité redoutable dont personne n'avait encore parlé.

— A qui servaient les draps de lit marqués à votre initiale ?

Elle répondit trop vite. Radel n'eut pas le temps de l'avertir du piège.

— A moi, bien entendu.

— A personne d'autre ?

— Je ne crois pas. Peut-être, occasionnellement, à mon mari ?

— Pas à votre beau-frère ?

Comme elle gardait le silence, il répéta :

— Pas à votre beau-frère ?

— Normalement pas.

— Il y avait assez d'autres draps dans la maison pour tous les lits de la famille ?

— Je suppose.

— Avez-vous avoué à Jacques Sainval que vous aviez peur ?

Elle commençait à lâcher pied, ne sachant plus où regarder, les mains si serrées que les jointures en devenaient blanches.

— Il voulait que je quitte le quai de la Gare tout de suite...

— Pourquoi ne l'avez-vous pas fait ?

— J'attendais que les papiers du divorce soient prêts. Il ne s'en fallait que de deux ou trois jours...

— Autrement dit, sans la mort de votre beau-frère, vous auriez quitté la maison aujourd'hui ou demain ?

Elle soupira.

— Vous est-il venu à l'esprit, la semaine dernière, qu'on pourrait essayer d'empêcher ce départ ?

Elle se tourna vers son avocat.

— Donnez-moi une cigarette...

Et Angelot d'insister :

— ... d'empêcher ce départ par tous les moyens ?

— Je ne sais plus. Vous m'embrouillez.

Elle allumait sa cigarette, remettait le briquet dans son sac à main.

— Sainval ne vous a-t-il pas conseillé de vous tenir sur vos gardes, surtout après avoir constaté que votre beau-frère vous suivait ?

Elle leva vivement la tête.

— Comment le savez-vous ?

— Quand vous a-t-il suivie ?

— Avant-hier.

— Pas avant ?

— Je n'en suis pas sûre. Jeudi dernier, j'ai cru l'apercevoir quai Bourbon.

— Vous étiez dans l'appartement de l'ami de Sainval ?

Ce fut vers Maigret qu'elle se tourna avec un air de reproche, comme si elle savait que ces découvertes venaient de lui.

— Léonard avait pris votre voiture ?

— Je le lui permettais...

— Et, par la fenêtre, vous l'avez vu passer ?

— Il roulait au ralenti et il regardait la façade...

— C'est alors que Sainval vous a remis un automatique ?

— Monsieur le juge...

Radel agitait la main, se levait.

— Au point où nous en sommes, je vous

demande la permission d'avoir un court entretien avec ma cliente.

Les regards du juge et de Maigret se rencontrèrent. Maigret battit des paupières.

— A condition qu'il soit vraiment court. Vous pouvez utiliser cette pièce.

Il fit signe à son secrétaire. Les trois hommes passèrent dans le couloir où Maigret, sans perdre de temps, alluma sa pipe. Ils firent les cent pas, le juge et lui, parmi les allées et venues, tandis que le secrétaire s'asseyait sur le banc près de la porte.

— Vous croyez toujours, Monsieur Maigret, qu'on ne peut pas obtenir les mêmes résultats, sans bruit, sans éclats de voix, sans mise en scène, dans un cabinet de juge d'instruction qu'au Quai des Orfèvres ?

A quoi bon lui répondre qu'il n'avait fait que réciter les questions préparées par le commissaire ?

— Si les événements se sont passés comme je commence à le penser, Radel va lui conseiller de parler... C'est son intérêt... Il aurait dû l'exiger d'elle depuis le début... A moins qu'elle ne lui ait pas avoué la vérité... Supposez maintenant qu'elle n'ait pas répondu à mes questions, ou qu'elle ait été capable de mentir. Où en serions-nous ?

Maigret lui toucha le bras car il venait d'apercevoir, assez loin dans la perspective de l'immense couloir, une silhouette hésitante.

C'était Armand Lachaume, visiblement perdu dans le labyrinthe du Palais de Justice, qui regardait les indications sur les portes.

— Vous l'avez vu ? Il vaut mieux que nous rentrions avant que...

Lachaume ne les avait pas encore aperçus et le juge, après avoir frappé à sa propre porte, pénétra dans son cabinet, ainsi que le commissaire et le secrétaire.

— Je m'excuse. Des circonstances imprévues m'obligent à...

Paulette Lachaume, qu'ils avaient surprise debout, se rasseyait, plus pâle, mais plus calme que tout à l'heure, comme soulagée. Radel semblait se préparer à prononcer une plaidoirie. Au moment où il ouvrait la bouche, le téléphone sonna, le juge décrocha, écouta, poussa l'appareil vers le commissaire.

— C'est pour vous.

— Ici, Maigret oui... Deux personnes ont vu la voiture ?... Bon !... La description colle ?... Merci. Non... A tout à l'heure...

Il raccrocha et annonça d'une voix neutre :

— Léonard Lachaume se trouvait avant-hier devant le restaurant du Palais-Royal.

Maître Radel haussa les épaules, comme si désormais ces histoires étaient dépassées. L'interrogatoire se présentant d'une façon différente, l'information n'en aurait pas moins été précieuse.

— Ma cliente, Monsieur le Juge, est prête à dire toute la vérité et vous verrez que celle-ci est plus accablante pour d'autres que pour elle. Vous comprendrez aussi, et je voudrais que ceci fût enregistré, que, si elle s'est tue jusqu'à présent, ce n'est pas pour échapper à ses responsabilités, mais par pitié pour une famille dont elle a fait partie pendant plusieurs années...

« Un jury aura un jour à dire ce qu'il en pense. Nous ne faisons pas ici le procès des Lachaume mais elle, qui les connaissait mieux que nous, a pu, pendant quelques jours au moins, leur trouver des circonstances atténuantes... »

Il se rassit, satisfait, et arrangea sa cravate.

Paulette Lachaume, faute de savoir par où commencer, murmura d'abord :

— Depuis une semaine, depuis la lettre interceptée, et surtout depuis que j'avais aperçu Léonard quai de Bourbon, j'avais peur...

Quai des Orfèvres, Maigret lui aurait évité une confession difficile, car c'est lui qui aurait fait le récit des événements et elle n'aurait eu qu'à l'approuver ou à le reprendre au besoin.

— Continuez, Madame...

Elle n'avait pas l'habitude de parler en présence d'un sténographe qui notait ses paroles. Cela l'impressionnait. Elle cherchait ses mots et, plusieurs fois, Maigret dut se tenir à quatre pour ne pas intervenir. Il avait oublié d'éteindre sa pipe, qu'il continuait à fumer dans son coin sans s'en rendre compte.

— C'était surtout Léonard qui m'effrayait, car c'était lui qui, à tout prix, maintenait la maison debout... Un jour, il y a longtemps, comme j'hésitais à lui remettre une somme plus forte que les autres, il m'avait tenu un discours dans lequel il comparait les grosses affaires commerciales aux vieilles familles de la noblesse...

» — Nous n'avons pas le droit, disait-il, l'œil dur, de laisser tomber une maison comme la nôtre... Je ferais n'importe quoi pour l'éviter...

» Cela m'est revenu récemment à l'esprit... J'ai failli quitter la maison tout de suite, sans rien dire, et m'installer à l'hôtel en attendant que le divorce soit prononcé... »

— Qu'est-ce qui vous en a empêchée ?

— Je ne sais pas. Je tenais à jouer le jeu jusqu'au bout, à ce que tout soit régulier... C'est difficile à expliquer... Il faut avoir vécu dans cette maison-là pendant des années pour comprendre... Armand est un faible, un malade, qui n'est que l'ombre de son frère... Quant à Jean-Paul, je l'avais pris en affection... Au début, j'espérais avoir des enfants... Eux aussi l'espéraient, épiaient des signes de grossesse... Cela les désolait que je ne sois pas mère...

» Je me demande si ce n'est pas pour ça que Léonard... »

Elle changea de sujet.

— C'est vrai que Jacques m'a remis un automatique... Je ne voulais pas le prendre... J'avais peur qu'on ne le trouve... Le soir, je le mettais sur ma table de nuit et, le jour, je le gardais dans mon sac...

— Où est-il à présent ?

— Je ne sais pas ce qu*ils* en ont fait. Cela a été tellement désordonné et tellement hallucinant, *après*...

— Parlez-nous d'*avant*.

— Je suis rentrée vers minuit... Peut-être onze heures et demie... Je n'ai pas noté l'heure... J'avais décidé que, de toute façon, ce serait l'avant-dernière nuit... J'ai sursauté en voyant s'ouvrir la porte de Léonard... Il m'a regardée entrer dans ma chambre sans un mot, sans me dire bonsoir, et cela m'a impressionnée... Quand, en tenue de nuit, je me suis dirigée vers la salle de bains, j'ai vu de la lumière sous sa porte... J'ai eu plus peur encore... C'était peut-être un pressentiment... J'ai failli ne pas me coucher, m'installer dans un fauteuil et attendre dans l'obscurité que le jour se lève...

— Vous n'avez pas pris votre somnifère ?

— Non. Je n'ai pas osé... J'ai fini par m'étendre, l'automatique à portée de la main, décidée à ne pas m'endormir. Les yeux ouverts, j'épiais les bruits de la maison...

— Vous l'avez entendu venir ?

— Cela a duré plus d'une heure... Je crois que je me suis assoupie un moment... Puis j'ai entendu le parquet qui craquait dans le corridor... Je me suis assise dans mon lit...

— Votre porte n'était pas fermée à clef ?

— Il n'y a pas de clef, pas plus que sur la plupart des portes de la maison et la serrure ne fonctionnait plus depuis longtemps... J'ai eu l'impression que quelqu'un tournait le bouton et alors je me suis levée avec précaution et me suis collée contre le mur, à un mètre du lit.

— Il y avait de la lumière dans le corridor ?

— Non. Quelqu'un est entré. Je ne voyais rien. Je craignais de tirer trop vite, sûre que, si je ratais...

Elle ne pouvait plus rester assise. Debout, elle continuait, tournée, non plus vers le juge, mais vers Maigret :

— Une respiration étrangère se rapprochait. Un corps m'a presque frôlée. Je suis sûre qu'un bras s'est levé, pour frapper l'endroit du lit où aurait dû se trouver ma tête. Alors, sans m'en rendre compte, j'ai pressé la gâchette...

Maigret venait de froncer les sourcils. Soudain indifférent à la hiérarchie, il prononçait :

— Vous permettez, Monsieur le Juge ?

Il n'attendait pas la réponse, poursuivait :

— Qui a allumé la lampe ?

— Ce n'est pas moi... En tout cas, je ne m'en souviens pas... Je me suis précipitée vers le corridor, sans savoir où j'allais... Sans doute aurais-je couru dans la rue, en chemise...

— A qui vous êtes-vous heurtée ?

— A mon mari... Je pense que c'est lui qui a allumé...

— Il était tout habillé ?

Elle le regarda, écarquillant les yeux. Après un effort, comme pour retrouver une image précise, elle murmura :

— Oui... Cela ne m'avait pas frappée...

— Qu'est-il arrivé ?

— J'ai dû crier... En tout cas je me rappelle avoir ouvert la bouche pour le faire... Puis je me suis évanouie... Ce n'est que plus tard que le cauchemar a commencé... Mon beau-père était descendu... Catherine aussi... C'était sa voix qu'on entendait le plus... Je l'entendais, de loin, qui obligeait Jean-Paul à remonter dans sa chambre... J'ai vu Armand sortir de la mienne avec une grosse clef anglaise...

— La clef à molette avec laquelle Léonard avait tenté de vous frapper.

— Je suppose... Ils m'ont ordonné de me taire, de cesser de gémir...

— Qui, *ils ?*

— Mon beau-père... Cette sorcière de Catherine... Surtout elle !... C'est elle qui a lavé le plancher et a aidé Armand à transporter le corps... C'est elle aussi qui a remarqué qu'il y avait du sang sur mon drap, car Léonard était tombé en travers du lit défait...

— Ils paraissaient surpris de ce qui était arrivé ? questionna à son tour le juge d'instruction.

— Je n'emploierais pas ce mot-là... Atterrés, mais pas surpris... C'était à moi qu'ils avaient l'air d'en vouloir...

Le juge poursuivait :

— C'est alors qu'ils se sont occupés de l'échelle et du carreau de la fenêtre ?

— Non.

Maigret reprit la parole.

— N'oubliez pas, Monsieur le Juge, que vers dix heures du soir, on a vu quelqu'un, plus que probablement Léonard, casser les tessons de bouteilles sur le mur... Vers le même moment, on a dû s'occuper de l'échelle, des traces sur l'appui de la fenêtre, de la vitre enduite de savon...

Elle soupira :

— Je suppose...

Radel commençait :

— Vous voyez, Messieurs, que ma cliente...

— Un instant !

Le juge prenait une voix sèche, sévère.

— Qui vous a demandé de vous taire et de laisser croire à un cambriolage ?

— Personne en particulier.

— Je crains de ne pas comprendre.

Parbleu ! On l'avait bourré de théories et

c'était à la vérité de se plier à celles-ci, d'entrer dans telle ou telle catégorie.

Paulette répliquait, sans se soucier de se mettre le magistrat à dos :

— On voit bien que vous n'avez pas vécu cette nuit-là !... Je ne savais plus ce qui était réel ou non... Je me souviens, par exemple, sans être sûre que cela se soit vraiment passé, de la voix de Catherine glapissant :

« — Les fenêtres !

« Car, au début, on avait allumé toutes les lampes. Il n'y a pas de volets aux fenêtres, seulement des rideaux qui ne joignent pas hermétiquement... Elle a fait éteindre partout...

« C'est elle aussi qui a trouvé une lampe de poche, dans la cuisine, je suppose...

« Puis elle est revenue avec un seau...

« — Vous feriez mieux d'aller vous coucher, Monsieur Armand... Vous aussi, Monsieur Félix...

« Tous les deux restaient là. A un autre moment, j'ai demandé un verre d'alcool et on me l'a refusé en disant qu'il ne fallait pas que, le matin, mon haleine sente l'ivrogne... »

— Que s'est-il passé le matin ? On a mis Jean-Paul au courant ?

— Non ! On lui a dit que son oncle avait eu une crise... Comme il prétendait avoir entendu un coup de feu, tout le monde a affirmé que c'était le bruit d'un train, ou d'une auto sur le quai, qu'il avait entendu dans son sommeil...

« Une fois qu'il a été parti pour l'école, on a procédé à une sorte de répétition... »

Elle regarda son avocat. Allait-elle ajouter

qu'elle lui avait téléphoné pour lui demander conseil ? Lui fit-il signe de se taire ?

Depuis un moment, Maigret n'écoutait plus, tendant l'oreille à un léger frottement contre la porte.

Soudain, comme Paulette Lachaume allait continuer son récit, une détonation retentit, suivie de pas précipités, de murmures de voix.

D'une seconde à l'autre, les cinq personnages, dans le cabinet du juge, se trouvèrent figés comme des personnages de musée.

On frappait à la porte. Maigret, le premier, se leva lentement et, avant d'ouvrir, murmura à l'adresse de Paulette :

— Je crois que votre mari est mort.

Armand était couché sur le plancher poussiéreux. Il s'était tiré une balle dans la bouche et, à quelques centimètres de sa main crispée, on voyait un automatique 6.35.

Alors, Maigret regarda la jeune femme qui ne bougeait pas, l'avocat un peu pâle, le magistrat qui ne s'était pas encore composé une attitude.

Il se contenta de prononcer :

— Je suppose que vous n'avez plus besoin de moi, Monsieur le Juge ?

Il ne dit rien d'autre avant de s'éloigner le long du couloir, vers la petite porte donnant accès à la Police Judiciaire.

Peut-être, si les choses s'étaient passées là-bas, auraient-elles été différentes ?

Paulette Lachaume avait avoué dans les règles.

Son mari était mort dans les règles.

Qui sait si, pour l'un comme pour l'autre, cela ne valait pas mieux ainsi ?

Il n'y avait plus que trois vieillards, dans la maison du quai de la Gare, et le descendant des Lachaume de 1817 était interne au collège.

Dès que Maigret entra dans son bureau, Lucas jaillit du bureau voisin, une question à la bouche. Le commissaire avait déjà saisi le téléphone pour demander le numéro de Véronique, rue François-Ier.

Celle-là, en attendant de se faire une raison, avait bien le droit d'être tenue au courant.

FIN

Noland, le 23 octobre 1958.

Achevé d'imprimer en avril 1985
sur les presses de l'Imprimerie Bussière
à Saint-Amand (Cher)

— N° d'édit. 1135. — N° d'imp. 942. —
Dépôt légal : 4e trimestre 1967.

Imprimé en France